字書裡的
動物世界

潘銘基

著

| 兒子五歲時的作品〈我與動物共融〉

| 《明內府騶虞圖》（臺北故宮博物院藏）

| 明人所畫猰貐圖軸

| 元人畫貢獒圖軸（現藏臺北故宮博物院）

| 錢選《西旅貢獒圖》（局部）

佚名《親藩圍獵圖》

野生的印度犀牛
（筆者攝於尼泊爾哲雲國家公園〔Royal Chitwan National Park〕）

白犀牛（筆者攝於日本九州自然動物園）

| 清代聶璜《海錯圖》裡的海豚

| 中華白海豚

膃肭獸赞
獸頭魚鬐
似非所宜
考據有本
見者勿疑

| 膃肭獸（《海錯圖》）

字畫裡的
動物世界

| 布拉格動物園裡的普氏野馬

朗世寧筆下的大宛騮

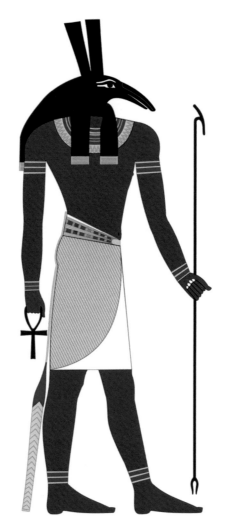

| 賽特（Set）

| 長頸鹿（筆者攝於美國洛杉磯動物園）

《瑞應麒麟圖》，今藏臺北故宮博物院。

古人說多讀《詩》可以多識草木鳥獸蟲魚之名。人為萬物
之靈，其實普天之下，靈異之物，又豈止人？我們見聞不廣，
所認識的往往只限於周遭方圓之內，和日常生活有關的草木鳥
獸蟲魚。以馬為例，馬只是泛稱，古書中記載有關馬的名稱總
有好幾十個，根據年齡可分駒駣等、根據體高可分駻駥等、根
據毛色純雜可分騟驊等。古代詞典裡有關馬的字，我們現在大
體都不認識，為什麼？因為這些分類與我們今天生活無關，根
本不需要知道這些名稱。廣東人冰雪不分，明明是冰箱卻叫雪
櫃，為什麼？南方根本不下雪。但是在愛斯基摩人的語言中，
就雪的名稱也有好幾十個。生活在冰天雪地的環境中，雪的大
小、雪的顏色、雪的用途，都與生活息息相關。

　　因為實際要求，所以就要辨別正名。我們中國人最重視人
倫關係，反觀西方文化，叔伯舅不分，姑姨嬸同名。所以名稱
不但只是一種稱呼，名稱背後也顯示生活所觸及的各個環節，
反應一個語言、一個民族對環境的認知，對人生價值的取捨。
時代轉移，人的認知也跟著改變，許多對事物的名稱也就隨之
消長增減，換言之，從命名的轉變，我們也可以進一步考索人
類怎麼從一個原始社會漸漸步入一個新時代、新環境、習得一

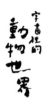

種新的認知語言。潘銘基教授的研究，正可以帶我們一步步踏入老舊的社會裡，從語言文字上，重新認識我們文化的根源。我們周遭的草木鳥獸也許也是源自遠古，但是從潘教授的探索討論中，我們可以重新建立我們和自然各種靈異物之間那種似相隔但又不可分割的關係。

張洪年

美國加州大學伯克萊分校榮休教授、香港中文大學榮休教授

認識潘銘基教授，始於一九九七年，他當時正在香港中文大學中文系升讀二年級，眉目英爽，一臉青澀；言談之間，他展現了敏捷的思維，高遠的理想。本科畢業後，潘教授即以賈誼《新書》為題，隨我撰寫碩士論文，於賈生思想淵源，乃至《新書》與先秦兩漢文獻之關係，多所發明，推舊出新，卓然有立。及後，潘教授又以《漢書》顏師古注為題，完成了博士論文，他深入探究了顏注的立意依據，乃至其經學思想，以至訓詁淵源，多有創獲，考證翔實，彌足稱道。潘教授於二〇〇七起執教於中大中文系，迄今亦已十三寒暑；從師徒關係到同校共事，驀然回首，我們相識已然二十三年，歲月匆匆，我已漸入暮年，卻喜見潘教授正當盛壯，醉心古籍，筆耕不輟，經年不倦，令人欣喜。

潘教授迄今已出版多種著述，均屬古籍專業範疇，鑽研既深，趣味乃淺，對一眾年青學生而言，未必吸引。潘教授有見及此，嘗試採取折衷方法，就平素閱讀所得，蒐集古籍中的動物描述，尤其箇中珍禽異獸，考察其中品種類屬，古今名稱演變，圖文並茂，娓娓道來，趣味盎然。

舉例而言，司馬遷《史記·屈原賈生列傳》記賈誼謫居長

沙，「有鵩飛入賈生舍，止于坐隅。楚人命鵩曰『服』。」究竟「鵩」為何物？為何楚人稱之曰「服」？潘教授〈從賈誼到哈利波特：中西文化裡的貓頭鷹〉提供了明確的答案：

> 如果鴞是今天的貓頭鷹，則「鵩」是貌似貓頭鷹的一種不祥之鳥。[……]結合《史記》三家注的說法：「鴞」是此鳥的通名，在楚地則稱之為「服」；其顏色或為黑色，或為綠色；不能遠飛，大小與斑鳩相若，稍大於鵲；其叫聲為「服」，乃惡鳥，如果飛入人家，則會帶來凶事。[……]至於西方文化，更與中國迥異。在英語中，「owl」（貓頭鷹）一詞屬於擬聲詞，來源於拉丁語，原指哀傷的哭叫聲，今代表了貓頭鷹的啼叫聲。[……]哈利波特的貓頭鷹是海格（Rubeus Hagrid）送給他的生日禮物，是一隻雪鴞（Snowy Owl）。在現實生活裡，雪鴞全身雪白，非常漂亮。體長在五十五到七十釐米之間，屬於體形較大的貓頭鷹。雪鴞廣佈在整個北極圈周圍的凍土地帶。在小說的魔法世界裡，貓頭鷹和魔法師之間有著神秘的聯繫，是魔法師的信使、忠實的夥伴。此因貓頭鷹有敏銳的觀察能力和傑出的記憶力，能夠幫助主人記著複雜的魔法配方和咒語。

賈誼坐旁的服鳥，原來類近哈利波特的貓頭鷹信使，中西古今，悄然吻合。再考《詩經·小雅·何草不黃》云：「匪兕匪虎，率彼曠野。」及後，司馬遷於《史記·孔子世家》記述孔門

師徒厄於陳蔡，弟子早有慍心，孔子因召子路、子貢、顏回而問焉，孔子曰：「《詩》云『匪兕匪虎，率彼曠野』。吾道非邪？吾何為於此？」三名弟子依次回應，修為有別，高下立見。不論研究《詩經》抑或《史記》，學者多以為「兕」者即指今之犀牛，因而將「匪兕匪虎，率彼曠野」，理解為「既非犀牛，又不是老虎，我們何故奔走於曠野之中？」潘教授反覆思考，不以為然，在〈兕與犀〉一文中，提出反駁：

> 看看字書裡的解釋。《爾雅・釋獸》：「兕似牛。」郭璞注：「一角，青色，重千斤。」可見「兕」是頭一角青牛。[……] 兕生性凶猛，能與虎並稱；犀牛是草食動物，生性溫馴，二者自是有所分別。《爾雅》說犀似豕而兕似牛便是最佳證據。郭璞將二者都說成「似牛」，其實是混為一談，並不正確。時代愈後，有關「兕」和「犀」的記載似乎愈趨混亂。宋人丁度所編《集韻》，釋「兕」謂「一說雌犀也」，即「犀」為雄性犀牛，「兕」為雌性犀牛。[……]「兕」已絕種，我們應該珍惜剩餘下來的犀牛。犀牛，現今主要分佈在非洲和東南亞。因犀角之藥用和藝術價值，獵人捕獵過度，近世以來，犀牛數量急促下降。現存的犀牛有五種，分別是「白犀牛」（19,682-21,077）、「蘇門答臘犀牛」（少於100）、「黑犀牛」（5,042-5,455）、「爪哇犀牛」（58-61）和「印度犀牛」（3,500）。其中印度犀牛和爪哇犀牛是獨角的，與另外三種雙角犀牛有所不同。

潘教授考證嚴密，不囿舊說，於此可見一斑。本書以趣味的筆觸，細寫古籍中的奇異動物，結合西方文化視野，取精用弘，說解精確，當能吸引一眾年輕讀者，共同細味中國傳統典籍的優美文辭。

先秦兩漢典籍記載動物眾多，西漢劉向《說苑・復恩篇》首章即提及北方之獸「蛩蛩巨虛」，以為乃「復恩」思想之典範。「蛩蛩巨虛」在生活上經常得到「蟨」的接濟，而「蟨」天生「前足鼠，後足兔」，因而不便行走，每當危難之時，「蛩蛩巨虛」便會即時背負「蟨」而逃走。《說苑》總結道：「夫禽獸昆蟲猶知比假而相有報也，況於士君子之欲興名利於天下者乎？」此所謂「施德者貴不德，受恩者尚必報。」動物世界重視情義，足為世間君子學習取法，受恩必報，乃可稱道。潘教授立意整理古籍中的動物材料，重新展現那情義兼備的動物世界，實在值得表揚支持，他請我為此書撰寫序文，我想到年輕歲月的潘教授，與及他經年不怠的治學態度，我是再樂意不過了。

何志華

香港中文大學中國語言及文學系教授、
中國文化研究所劉殿爵中國古籍研究中心主任
二〇二〇年七月十五日

一次走進
古代字書的旅程

　　東漢班固《漢書・藝文志》説：「古者八歲入小學，故《周
官》保氏掌養國子，教之六書。」保氏是官名，出自《周禮・地
官・大司徒》，其主要負責對君主、天子的規諫。據《周禮》所
記，古人在八歲時候進入小學，而保氏掌管教養世子之事，教
給他們漢字六書（象形、象事、象意、象聲、轉注、假借）。可
見，古代小學的教學內容與傳統漢字學習關係密切，而學習漢
字目的就是為了讀懂經書。就《漢書・藝文志》所載，小學字
書包括《史籀》、《蒼頡》、《急就》、《訓纂》等，皆便於諷誦，
可助小童學習，卻未有逐字釋義。此外，如《爾雅》、《説文解
字》、《方言》等，各有解説，代表了古漢語單音節詞彙豐富的
一面，亦是一部又一部的經學用書。中國古代字書包羅萬有，
活像百科全書，雖然其初衷乃在解釋經書，但在今天看來，卻
是頗具科學精神，可供我們探賾索隱，窺看古人生活的點滴。

　　《尚書・泰誓上》説：「惟人萬物之靈。」在我們的歷史裡，

人類一直以超乎其他生物的智力而著稱，人乃萬物之靈，古代中國已經有這樣的認識了。另一方面，人類的生活一直跟其他生物息息相關，同一屋簷下，不可分割。人禽之辨是道德哲學的課題，同樣也是生物學上的課題，究竟人與動物的區分在哪裡呢？道德哲學並非本書關心的話題，生物分類法上的人禽之辨卻是在在可見，容易掌握。人是哺乳綱靈長目人科人屬的動物，不是此科此屬的，是不是都可以稱之為「禽」呢？打開傳統字書，我們可以看到古人眼中的動物世界，以及他們對大自然的各種想像。而且，似乎古人的動物世界比起今天的更為耐人尋味，其分類亦更呈豐富多姿。

在本書裡，使用最多的字書是《爾雅》和《說文解字》，以下略談二書所見的動物詞彙。《爾雅》一書今見十九篇，《漢書‧藝文志》載為二十篇，清人宋翔鳳以為所佚篇章當為序文。《爾雅》最後五篇分別是〈釋蟲〉、〈釋魚〉、〈釋鳥〉、〈釋獸〉、〈釋畜〉，分門別類討論與動物相關的詞彙。誠然，如此分類不無問題，與今天的生物分類法也大相逕庭。然而，《爾雅》駐足於古書字義的解說，並將相關解說臚列成書，再作分類整理，代表了先民對事物的理解，年代久遠，彌足珍貴。東漢王充《論衡‧是應》說：「《爾雅》之書，五經之訓故，儒者所共觀察也。」可見《爾雅》與傳統經學的關係。黃侃所言更為具體：「《爾雅》解釋群經之義，無此則不能明一切訓詁。」（黃焯《爾雅音訓序》引）簡單扼要地指出了《爾雅》的重要性。

且看宋人邢昺對《爾雅》動物類篇章的解說。謂〈釋蟲〉：

「《説文》蟲者，裸毛羽鱗介之總稱也。此篇廣釋諸蟲之名狀，故曰釋蟲。」謂〈釋魚〉：「《説文》云：『魚，水蟲也。』此第釋其見於經傳者，是以不盡載魚名。至於龜、蛇、貝、鼈之類，以其皆有鱗甲，亦魚之類，故摠曰釋魚也。」謂〈釋鳥〉：「《説文》云：鳥者，羽禽之摠名。象形字。《左傳》曰『少皞氏以鳥名官』之類。此篇廣釋其名也。」謂〈釋獸〉：「〈釋鳥〉云：『四足而毛謂之獸。』《説文》云：『獸，守備也。』此篇釋其名狀，故曰釋獸。」謂〈釋畜〉：「《字林》畜作嘼。《説文》云：獸也，人之畜養者也。所以與〈釋獸〉異篇者，以其畜是畜養之名，獸是毛蟲摠號。故此篇唯論馬、牛、羊、豕、犬、雞，前篇則通釋百獸之名。所以異也。」就此五段文字，以下幾項可細論：

1　**動物多稱「蟲」。**此中包括〈釋魚〉的「水蟲」、〈釋獸〉的「毛蟲」，以及〈釋蟲〉之「蟲」。其實，古人習慣用「蟲」泛指一切動物，並把蟲分為五類：禽為羽蟲，獸為毛蟲，龜為甲蟲，魚為鱗蟲，人為倮蟲。由是觀之，古人「蟲」的概念比起現在大得多，可以總稱一切動物。

2　**分類與定義問題。**就〈釋魚〉之名觀之，其意涵似乎非常簡單，但畢竟邢昺並非《爾雅》作者，《爾雅》成書下限不會晚於西漢，宋人看了古人的闡述，也有不解的地方。翻開〈釋魚〉遍觀之，除了魚以外，還包括了龜、蛇、貝、鼈之類，四者跟魚有何共通之處，邢昺指出乃在皆有「鱗甲」。能夠看到共

通點固然好，但在今天的生物分類法裡，魚、龜、蛇、貝、鱉也有天壤之別。至於〈釋獸〉所謂全篇旨在「釋其名狀，故曰釋獸」，同樣沒有指出此篇的獨特之處。試想想，〈釋蟲〉、〈釋魚〉、〈釋鳥〉、〈釋獸〉、〈釋畜〉等五篇文字，哪一篇不是在做「釋其名狀」的工作？如果僅將此項工作加諸〈釋獸〉之上，實在並不合理。

③ **〈釋獸〉與〈釋畜〉所載動物的分別。**看看〈釋畜〉所載，乃是馬、牛、羊、彘、犬、雞等動物，何以此等動物不在〈釋獸〉之列，難道牠們就不可以「釋其名狀」的嗎？邢昺略加解說，以為「畜是畜養之名，獸是毛蟲摠號」，前文嘗謂古人以所有動物皆為「蟲」，此「獸」是五蟲之一，而「畜」則是指其生活環境與方式，原則不一，甚為不類，只可稍作區分矣。

《爾雅》之書，晉人郭璞序云：「若乃可以博物不惑，多識於鳥獸草木之名者，莫近於《爾雅》。」是書誠為博物學之鉅著，而且郭璞亦注釋了《方言》、《山海經》、《穆天子傳》等書，其人亦一代博物學之大家也。管錫華《爾雅研究》以為《爾雅》是「最早地較有系統地給自然科學進行了分類」，其說是也。

東漢許慎《說文解字》同樣是一部經學用書，如果說《爾雅》的分類是據義相從的話，《說文解字》則明顯地是一部「據形系聯」的著作。《說文》全書分為五百四十部首，收錄了九千三百五十三字，每個部首以下收錄若干字。舉例而言，馬部收錄了一百一十五個與「馬」相關的字，鹿部收錄了二十六個與

「鹿」相關的字。跟《爾雅》不同的是,《説文》載錄了許多馬匹名稱以外的詞彙。如「騎,跨馬也。从馬奇聲」、「駕,馬在軛中。从馬加聲」,此「騎」與「駕」便非純粹不同品種、毛色、大小馬匹的名稱,與《爾雅》不盡相同。許慎有「五經無雙」的雅號,《説文》裡明引經書的次數極多,此書與經學的關係實昭然若揭。清人桂馥《説文解字義證》臚列書證,以見《説文》釋義所本,其功亦大矣,可作參考。鄒曉麗《基礎漢字形義釋源》按照《説文》五百四十部首的意義,分為七個大類,二十四個小類。其中「以人體為內容的部首」共一九七個,「以器用為內容的部首」共一八〇個,動物類部首六十一個,植物類部首三十一個,自然界類部首三十七個,數目字部首十二個,天干地支部首二十二個。在動物類部首之中,復區分為與飛禽相關的二十個,與家畜相關的十三個,與走獸相關的十七個,與爬蟲鱗甲動物相關的十一個。其具目如下:

飛禽類部首:鳥、烏、隹、雥、雦、奞、萑、几、燕、乙、風、飛、卂、羽、習、華、率、卵、西、巢。
家畜類部首:牛、犛、𤘓、丄、羊、羴、豕、彑、希、豚、馬、犬、狀。
走獸類部首:㘝、象、虍、虎、㲋、廌、鹿、麤、莧、兔、㲋、鼠、能、熊、采、内、嘼。
爬蟲、鱗甲類部首:虫、蚰、蟲、它、豸、易、黽、魚、鱟、龍、龜。

《爾雅》編字以類相從，《說文解字》則先從字形的關係入手，
二者不盡相同。然而，《說文》釋義之時仍多本諸《爾雅》，二
書關係密切，故在探討字書裡的動物時，多並據之。

　　本書所討論的動物，或日常習見，或屬傳說之中，或已告
絕種，或處於瀕危。〈互助的邛邛岠虛與蟨〉闡析了兩種傳說中
的動物，孰為真假，無人得知，但見其互助的本性，可為人所
借鑒。〈仁義兩全的騶虞〉細言騶虞的習性，以及現實世界裡的
動物原型。〈因誤會而結合的獅子與大雀〉討論的是「鸕」字，
看看牠究竟是一個怎樣的動物。〈能知人心的大犬〉綜觀獒犬的
古今佚事。〈五福臨門〉細看蝙蝠的文化意涵，以及古人對哺乳
類動物飛行的認識。〈兕與犀〉討論兕牛與犀牛的異同，並進而
分析現今世界各地犀牛之稀見。〈能舐食銅鐵及竹骨的稀有動
物〉分析字書裡的大熊貓形象，以及其生活習性。〈是貓還是
狗〉從漢字偏旁入手，細言有「豸」與「犭」偏旁的字，其與
貓和狗的關係，進而討論在生物分類法，如此認識是否正確。
〈問世間情是何物〉說的是野生的雁與畜養的鵝的故事。〈不是
魚也不是豬的海豚〉從「豚」為豬的角度出發，以見海豚作為
海洋裡哺乳類動物的特色，分析時亦結合各地方言以為依據。
〈橫江湖之鱸鯨〉看鯨魚這種大型哺乳類海洋生物在古人眼中的
形象。〈無前足的貀〉帶大家到海洋世界，窺探只有兩肢的貀如
何生活。〈三腳鼈與龜〉從傳統文化成雙成對的角度討論只有三
腳的鼈和龜。〈勝義紛陳的古代馬世界〉分析跟馬匹相關的漢語
詞彙，得見古漢語詞彙極為繁富的一面。〈穴居之獸〉分析的是

各種鼠類動物，並以此推敲其為今天所見的哪一種動物。〈雌雄動物不同論〉主要分析同一動物，因性別相異而有不同的詞彙以作表達的情況。〈動物小時候〉分析一些形容動物幼仔的詞彙，以見古漢語詞彙的豐富多姿。〈從賈誼到哈利波特——中西文化裡的貓頭鷹〉，顧名思義，旨在探討鵩鳥與貓頭鷹在中西文化裡的不同意涵。〈豺狼當路衢與土地之神——漫談中西豺文化〉從文學作品出發，看世界各地對豺的認識。〈絕筆於獲麟〉寫長頸鹿是否即古之所謂麒麟，復見長頸鹿在今天所遭遇的危機。

人是動物的一種，動物也活在我們的身邊，有些動物甚至可稱之為「人類的朋友」。可是，人類社會的大肆發展，一步步改變了大自然環境，不少動物的棲息地皆受到不同程度的破壞，有些物種一直減少，有些甚至已告滅絕。有人會援引「物競天擇，適者生存」來說明這個情況，人類就可以這樣放過自己嗎？生態平衡是萬事萬物得以繼續存活的關鍵，破壞了而不可挽回的不單是物種的生命，更是我們自己居住的環境。人與動物共融不單是口號，更是我們的目標。如果人類繼續破壞動物的棲息地，在不久的將來，傳統字書裡的動物都會變成傳說，一切只會成為追憶！

在讀圖時代的今天，圖文並茂是常識。字書裡的動物，如果有圖陪襯，猶如妙筆生花，可使人目不暇給。本書裡的圖片，部分為古籍版畫，如《爾雅圖》、《山海圖》、《三才圖會》、《古今圖書集成》等。又有一些來自中國古代名畫，現藏各地的

| 兒子五歲時的作品〈我與動物共融〉

博物館。此外,有些動物照片係由本人在旅途中所拍攝;更有
一對兒女(潘樂仁、潘樂怡)所繪畫的充滿童趣的幾張動物畫,
在此一併說明。

潘啟基

目次

互助的邛邛岠虛和蹷

孟子說：「人之所以異於禽獸者幾希。」這裡的「幾希」，指的是只有一點點，是人類與生俱來的「良能」、「良知」，苟能擴而充之，惻隱之心、羞惡之心、辭讓之心、是非之心便能成就仁、義、禮、智。人之所以為人乃在於此。由四端而及於五倫，因此人類社會才會「父子有親，夫婦有別，君臣有義，長幼有序，朋友有信」。至於其他動物，人類大抵不以其有朋友一類，尤其是不同種類的兩種動物。能夠互相幫助的動物，應該首推「邛邛岠虛」和「蹷」。

《爾雅・釋地》云：「西方有比肩獸焉，與邛邛岠虛比，為邛邛岠虛齧甘草，即有難，邛邛岠虛負而走，其名謂之蹷。」據《爾雅》所說，蹷和邛邛岠虛是比肩獸，兩兩挨著，並肩而走，蹷為邛邛岠虛咬吃美味甘草；至若發生災難，邛邛岠虛便會背負蹷逃跑。二獸並走，袁珂《山海經校注》以為「猶比肩之獸也」。「邛邛岠虛」和「蹷」的友道精神，比起人類的友情更令人肅然起敬。兩種動物的具體形象怎樣的呢？動物的友道精神又當如何理解呢？

蹷（《說文解字》）

鼠（《說文解字》）

先說「鼳」，《呂氏春秋・慎大覽・不廣》云：「北方有獸，名曰蹶，鼠前而兔後，趨則跲，走則顛，常為蛩蛩距虛取甘草以與之。蹶有患害也，蛩蛩距虛必負而走。此以其所能託其所不能。」這裡相對細緻地描繪了鼳的外貌。這頭名為「鼳」的義獸，前半身像鼠，後半身像兔，快跑之時很容易絆倒，慢走之時則搖晃不定。總之，「鼳」是一行動不便的動物，意味著牠並不善於捕食。《說文解字・虫部》云：「鼳，鼠也。一曰西方有獸，前足短，與蛩蛩巨虛比，其名謂之鼳。從虫厥聲。」《說文》的解說便與《爾雅》稍有不同，或以「鼳」為鼠屬（取《呂氏春秋》「鼠前而兔後」之意），或為前足短而後足長的動物。要之，其行動不便當無二致。北齊劉晝《新論・託附》云：「鼳鼠附於蛩蛩，以攀追日之步。」明李時珍《本草綱目・獸之三・鼠》「鼳鼠」條下云：「今契丹及交河北境有跳兔。頭、目、毛色皆似兔，而爪足似鼠。前足僅寸許，後足近尺。尾亦長，其端有毛。一跳數尺，止即鼳仆，此即鼳鼠也。」李時珍所說的跳兔，與《爾雅》的「鼳」最為接近。

跳兔，又名跳野兔，乃哺乳綱齧齒類跳兔科的唯一物種。就外觀而言，像細小的袋鼠，後肢發達，可如袋鼠般以後肢跳躍；且較前肢為長，頸部肌肉發達，頭顱很短。主要棲息地為內蒙古東部和非洲東南部。食物為植物和昆蟲。因棲息地環境遭受破壞，跳兔曾於一九九六年被列入IUCN瀕危名單，後來情況有所改善，至二○○一年改列為無危。《爾雅》以為「鼳」乃「鼠前而兔後」，跳兔的特徵與此相同；以植物和昆蟲為食物，

與「鼳」的食「甘草」亦同；交河在今新疆吐魯番地區，契丹即今蒙古之地，皆與跳兔棲息於內蒙古相近。明人謝肇淛《五雜組》卷九云：「鼳鼠前而兔後，趨則頓，走則顛，故常與邛邛距虛比，即有難，邛邛距虛負之而走。鼳嚙得甘草，必以遺邛邛距虛也，號為比肩獸，然世未嘗見。宋沈括使契丹，大漠中有跳兔，形皆兔也，而前足纔寸許，後足則尺許，行則跳躍，止則仆地，此即鼳也，但又未見邛邛距虛耳。物之難博如此。」謝氏先指出鼳鼠的特點，亦有道出邛邛距虛與鼳的故事，最後援引宋後記載，直接指出「鼳」即跳兔。準此而言，「鼳」似乎距

THE AFRICAN JUMPING HARE

| 跳兔（參自維基百科）

三才圖會卷之鳥獸三

比肩獸

西方有獸一名曰比
肩文名蹶蹶其狀鼠
前兔後爾雅云如鼠
蹶距虛其為比毋食
得甘草必遺蹶人來
則蹶距負之走王者
德及幽遠鰥寡無兼
則生出正連山

互助的邛岠虛和鼳

離我們不遠，傳統字書裡的動物，也有可能出現在我們的身旁。

　　接著，便說「邛邛岠虛」，情況較諸「蟨」更為複雜。前引《爾雅·釋地》之文，郭璞注因「蟨」乃「鼠前而兔後」，故云：「邛邛岠虛亦宜鼠後而兔前，前高不得取甘草，故須蟨食之。」據此，「邛邛岠虛」是前足長而後足短，剛好與「蟨」相反，因此難以吃草，故得依賴「蟨」的幫助，然後方可進食。《穆天子傳》云：「邛邛距虛走百里。」郭璞注：「馬屬。《尸子》曰：『距虛不擇地而走。』《山經》云：『坙坙距虛。』竝言之耳。」又，《山海經·海外北經》：「有素獸焉，狀如馬，名曰蛩蛩。」郭璞注：「即蛩蛩鉅虛也，一走百里。」可見「邛邛岠虛」善走，日行百里，與馬同類。《說文解字·虫部》云：「蛩蛩，獸也。一曰秦謂蟬蛻曰蛩。从虫巩聲。」指出「蛩蛩」是獸，沒有「鉅虛」二字。此外，有些文獻甚至分言「邛邛」和「岠虛」，仿如二物。漢人司馬相如〈子虛賦〉云：「蹵蛩蛩，轔距虛。」張揖注：「蛩蛩，青獸，狀如馬。距虛，似贏而小。」張揖此注分別言之，以為「蛩蛩」是一物，「距虛」是一物。黃香〈九宮賦〉「三台執兵而奉引，軒轅乘駏驉而先驅」，章樵注：「駏驉，獸似騾。」張揖謂「距虛」似「贏」，「贏」即今所謂騾，蓋亦馬屬，故「蛩蛩」和「距虛」二者屬性相近。章樵注便直接指出「駏驉」似騾。《逸周書·王會解》謂「獨鹿邛邛距虛，善走也」，指出「邛邛距虛」善走，與《穆天子傳》無異。然而，此句孔晁注：「邛邛，獸似距虛，負厥而走也。」讓人訝異的是，原本背負「蟨」逃跑的「邛邛距虛」，在這裡變成了「邛邛」背負「厥」（即

「蠶」），而「距虛」的戲分沒有了。郭璞曰：「距虛即蛩蛩，變文互言耳。」師古曰：「據《爾雅》文，郭説是也。」劉畫《新論・審名》云：「蛩蛩巨虛，其實一獸，因其詞煩，分而為二。」段玉裁《説文解字注》以為「邛邛岠虛」實為一獸，以郭璞釋義為長。總之，「邛邛岠虛」當是一物，不當分而言之。竊疑「岠虛」即騾，「邛邛」乃其中分支；「邛邛岠虛」即「岠虛」而名之為「邛邛」者也。

在字書裡有很多傳説的或罕見的動物，「距虛」卻不是，在文學作品中多見其身影。韓愈〈醉留東野〉有「願得終始如駏蛩」句，李商隱〈李賀小傳〉謂李賀「常從小奚奴騎距虛」，[1]這裡的「駏蛩」、「距虛」，也就是「邛邛距虛」罷了。宋人張耒〈孫彥古畫風雨山水歌〉「鞭驢疾驅者誰子，石路嶮澀驢凌兢」，以「驢」、「驢」相對，此「驢」亦即「邛邛距虛」之謂也。

騾是馬和驢的雜交種，其中以母驢和公馬為主。然而，二者結合的機率並不高，有的公馬用了六年時間才成功與母驢交配。騾沒有生殖能力。騾的體形比馬小，比驢大，耳比馬長，比驢短。大多數黑色，形狀像馬。性比馬倔強，比驢溫順。騾是群居動物，多棲息於馬群之中。騾勇於與野獸搏鬥，好奇心

1　案：此為《山谷外集詩注》卷十一〈次韻戲答彥和〉「錦囊詩句愧清新」句注引。《李義山文集》（四部叢刊本）卷四〈李賀小傳〉作「恒從小奚奴騎疲驢」、《李義山文集箋注》（四庫全書本）卷十同篇作「恒從小奚奴騎距驢」。《新唐書》卷二〇三〈李賀傳〉敍及此事，作「每旦日出，騎弱馬，從小奚奴，背古錦囊，遇所得，書投囊中。」可見諸本所載或有不同。

強。食物以草、樹葉為主，食量大於驢小於馬。在字書的描述裡，「邛邛岠虛」是馬屬，「蟨」既為「邛邛岠虛」取甘草，則亦為草食動物。前文郭璞以為「邛邛岠虛」或前足長而後足短，且能一走百里，如較之以驟，則或不相類。

回到《爾雅・釋地》的解說上，其云：「西方有比肩獸焉，

| 比肩獸（《爾雅圖》）

與邛邛岠虛比，為邛邛岠虛齧甘草，即有難，邛邛岠虛負而走，其名謂之蟨。」結合郭璞注，可知「蟨」是「鼠前而兔後」，而「邛邛距虛」則是「鼠後而兔前」。質言之，「蟨」是前肢短而後肢長，「邛邛距虛」反是。在下《爾雅圖》裡，兩隻動物步伐一致，並肩而行，圖畫的右上方亦有「西方有比肩獸」六字。可是，兩隻動物四肢長短剛好相反，如何可以並肩？其實並不可能。「蟨」和「邛邛距虛」可以互相幫忙，但不可能並肩而行。

「邛邛岠虛」與「蟨」相附而生，二者有共生關係。我們今天未必可見「驏」與「跳兔」互相幫忙，相附而生。然而，動物界仍有相類似的情況，舉例而言，牛背鷺與水牛的關係便是如此。牛背鷺多在濕地較乾之處，並停留在水牛背上。此因水牛背上多有寄生蟲，且水牛吃草之時，會驚動草叢裡的蟲子，牛背鷺便可以把蟲吃掉。牛背鷺和水牛是互利共生的關係。當然，「邛邛岠虛」和「蟨」仍然是最特別的，二者俱為草食動物，卻不爭食，反而是互相幫助，得食同享。

還有一種不能不提的是非洲啄牛鴉（Oxpecker）和牠的好朋友犀牛。我們可以在犀牛的身邊經常看見非洲啄牛鴉。對於啄牛鴉來說，犀牛是一張會自行移動的餐桌，啄牛鴉最愛吃寄生在犀牛身上的虱子。對犀牛而言，啄牛鴉可以吃掉在自己身上的寄生蟲，並且在周邊出現危險時發出警報。悠然自得的犀牛與忙碌勤奮的啄牛鴉，形成了強烈的對照。

「蟨」或許是跳兔，「邛邛距虛」或許是驏，我們都不確定。可能，牠們都是傳說中的動物，能夠得到後世傳頌的其實

是兩者互相幫助的精神。「蟨」可以幫助「邛邛岠虛」找食物，而「邛邛岠虛」可以背負「蟨」逃難。這種情況，已非前文所舉有共生關係的動物可以相比。「蟨」和「邛邛岠虛」，可稱之為義獸。《毛詩‧召南‧騶虞》「于嗟乎騶虞」句，毛《傳》云：「騶虞，義獸也。白虎黑文，不食生物。有至信之德，則應之。」有關「騶虞」是什麼動物，參見後文。騶虞的義在於「不食生物」，大抵其為素食動物。「蟨」和「邛邛距虛」的義，在於其超越物質和功利的互相幫助。誠然，「蟨」和「邛邛岠虛」的記載是真的，但現實中似乎不可能有如此的動物，一切不過是人類對美好世界的嚮往而有所投射而已。

仁義兩全的騶虞

人和動物的距離似遠還近，《尚書・泰誓上》說：「惟人萬物之靈。」人主宰萬物，所以人類是萬物中的靈物。孟子指出「人之所以異於禽獸者幾希」，表明人和其他動物只有一點分別。這一點分別是什麼呢？按照儒家先哲的理解，便是人類特有的良能良知，繼而從四端發展而來的仁義禮智。在古代中國的動物世界，有仁德的動物並不罕見。有時候，人與動物的區分並不容易。

騶虞是古代傳說裡的仁獸。漢人許慎《說文解字》：「虞，騶虞也。白虎黑文，尾長於身。仁獸，食自死之肉。從虍吳聲。《詩》曰：『于嗟乎騶虞。』」許氏以為虞便是騶虞，是獸之名。騶虞是傳說中的仁獸，身上有黑色花紋，與虎相近，然為白色。騶虞之尾巴較諸身體更長，不吃活的動物，以自然死亡的野獸為食。《集韻》以「騶虞」為「獸名」。《玉篇・馬部》以「騶虞」為「義獸」，當有大德感動之時方可得見。《爾雅》沒有騶虞的記載，胡承珙以為「《爾雅》自以獸非常有，偶遺其名，不得因此遂謂古無是物」。其他典籍關於騶虞的記載亦頗為豐富。《山海經・海內北經》云：「林氏國有珍獸，大若虎，五采畢具，尾長于身，名曰騶吾，乘之日行千里。」這裡的「騶吾」便是「騶虞」。郝懿行指出《毛傳》謂騶虞是「白虎黑文，不食

生物」，與此異，明確分辨《山海經》與《毛傳》敘述騶虞外貌的相異。《毛詩・召南・騶虞》「于嗟乎騶虞」句，《毛傳》云：「騶虞，義獸也。白虎黑文，不食生物。有至信之德，則應之。」《說文》以騶虞為「仁獸」，《毛傳》則以為「義獸」。鄭司農注《周禮》更進一步，謂「騶虞」為「聖獸」。既「仁」且「義」，騶虞自堪稱為瑞獸矣。三國時的陸璣《毛詩草木鳥獸蟲魚疏》云：「騶虞，即白虎也。黑文，尾長于軀。不食生物，不履生草，君王有德則見，應德而至者也。」騶虞在陸璣的筆下成了「不履生草」的動物，連有生命的植物也不踐踏，騶虞之德可謂至鉅。可是，動物如何能有道德的判斷，如何可以在走路時避開植物呢？實在值得深思。

騶虞之為仁獸，主因在於其吃自死之肉的生活習性，跡近今所謂「食腐動物」，如禿鷲、禿鸛、鬣狗、狼獾、豺等，可是人類似乎沒有打算要將此等動物封為「仁獸」。而且，看見食腐動物在處理腐肉的場面，也沒有多少人能夠堅持看下去，這彷彿與只吃「自死之肉」的仁獸有著極大的落差。其實，稱動物為「仁」本身已有問題，仁愛的對象只有人類。儒家的「仁」，鄭玄以為「相人偶」，清人阮元〈論語論仁篇〉，皆明確指出「仁」即人與人之關係。《說文》云：「仁，親也。從人從二。」仁便是各人親其親的意思。

騶虞出沒有其特點，是「至德所感則見」（《玉篇》）、「君王有德則見」（《毛詩草木鳥獸蟲魚疏》），牠的出現與否，與當時君王是否賢德有直接關係。孔子以為士人出仕，「天下有道則

見，無道則隱」，在中國古代，天意與人事關係微妙，君主暴行不斷，上天必會示警，終而有人替天行道，改朝換代。司馬遷撰寫《史記》融匯三千年史事於一書，旨在討論天意與人事的分際。騶虞是君王「有德則見」，則無道便隱。因此，騶虞的出現代表了當時君主是位聖王賢君。明成祖永樂二年（1404）九月丙午，周王朱橚來朝，獻騶虞，百官稱賀，事見《明太宗實錄》。周王朱橚（1361-1425）乃明太祖朱元璋第五子，燕文帝即位後，朱橚受到猜忌而遭受迫害。靖難之變以後，朱棣登位，是為明成祖。朱橚出於感恩，遂策劃進獻騶虞之事。其獻騶虞，明成祖卻刻意推辭，以為祥瑞雖至，要有戒慎警惕之

| 《明內府騶虞圖》（臺北故宮博物院藏）

心。其實，明成祖此舉只是將自己等同古代聖賢之君，表面上若有所憾，心中實在暗喜。今臺灣故宮博物院藏〈明內府騶虞圖〉，作者利用繪畫形式，以騶虞為描繪對象，彰顯明成祖的「仁德至信」。此圖拖尾題跋為明代二十八位官員的賀辭，內容全為歌頌明成祖得「騶虞」事，鋪張揚厲，辭藻雕琢。

不管前代的騶虞是真是偽，這次由朱橚所獻的騶虞，圖文並茂，兼有史為證。據此，騶虞似乎是今人所謂的白虎。可是，騶虞畢竟奔跑速度飛快，而且「不食生物，不履生草」，則又與白虎不盡相同。

《山海經》是先秦時代的典籍，漢人司馬遷在撰寫《史記》之時，便直言「至《禹本紀》、《山海經》所有怪物，余不敢言之也」，可見《山海經》所載動物均是遠古之物。有關「騶虞」，《山海經》便是最早的記載，先秦的騶虞是色彩斑斕的；自漢代以後，騶虞慢慢變成了「白虎黑文」，甚至是「玉雪之質」，以白色為主了。這種演變，與其說是動物進化的過程，不如說是對騶虞的形象從想像到真實的演化。明代人能夠捕獲騶虞，士人夫對此大為歌頌，顯示明代的騶虞是真有其物的。先秦的騶虞已難以考得其實，明代所得的騶虞，似為今天已經絕種的亞洲獵豹。據洪傑、西泠《滅絕的美麗生靈》所載，亞洲獵豹「皮毛短而粗糙，為棕褐色，並散佈著小而圓的黑斑。牠的頭比一般貓科動物要小，但腿特別長，軀體較瘦」，「牠的奔跑速度可達每小時一一三公里，一次跳躍九點一米，是跑得最快的陸棲動物」。「因其性情溫順，很早以前就有人到野外大量捕捉小獵

豹來餵養,但成活率極低。在當時擁有訓練有素的獵豹是那些達官顯貴們的一種富貴象徵,許多有錢有權的人家裡都養有獵豹,有的甚至養有幾十隻。」[2] 可是,獵豹有溫馴的品種嗎?據王頤〈明代禮瑞之獸騶虞考〉考證,指出騶虞應該是「白化」的「王獵豹」(King cheetah)。[3] 這種獵豹身上的圖案並不是一般獵豹的小斑點,而是面積更大的斑紋。王獵豹的背部還長有黑色的條紋,頸上有較長的鬃毛。

不過,怎樣「白化」的王獵豹,還是跟「白虎黑文」的騶虞稍有分別。因此,雪豹(Snow leopard)或者更可能是騶虞。雪豹原產於亞洲中部山區,其主要棲息地在中國天山等高海拔山地。雪豹皮毛為灰白色,有黑色點斑和黑環,尾巴長而粗大,與《明內府騶虞圖》所繪畫的騶虞最為相似。

雪豹是瀕危動物,在「國際自然保護聯盟瀕危物種紅色名錄」之內。當然,雪豹以高原動物為主食,包括羊、高原兔、旱獺、鼠類等,要做到「不食生物,不履生草」是幾乎沒有可能的。雪豹雖然生性凶猛,但據研究資料所示,卻又從不主動襲擊人類。謝云輝說:「外表凶悍的雪豹,只要人不去攻擊牠,牠就不會主動襲擊人。事實上,在有歷史記載以來,天山雪豹也沒有吃人的記錄。」「原來雪豹在能裹腹的情況下,牠寧肯去

---

2 洪傑、西泠:《滅絕的美麗生靈》(北京市:中國工人出版社,2001 年),頁 12、13。
3 王頤:〈明代禮瑞之獸騶虞考〉,載《暨南史學》第 3 輯(2005 年),頁 194。

| 《三才圖會》裡之「騶虞」

吃植物也不輕易去吃牧民養的羊。」[4] 如果要將雪豹視為仁獸，
或許便是因為有這種的能耐。現在，有以下組織專門保護雪
豹，如「國際雪豹基金會」（Snow Leopard Trust）和「雪豹網
絡」（Snow Leopard Network）等，如果牠真的是「不食生
物，不履生草」的仁獸，便為我們的加以保護提供了一個強而
有力的理由。

4　謝云輝：〈揭秘「雪山之王」：雪豹〉，載《大自然探索》第 5 期（2007 年），頁
　　55、55-56。

因誤會而結合的獅子與大雀

有人因了解而分開，有人因巧遇而結合，獅子與大雀，似乎無緣相遇，卻又神奇地合而為一，成為傳奇。

獅子，並非中土本有的動物。《漢書·西域傳》載烏弋山離國有之。《漢書·西域傳》謂此國有「師子」，孟康注：「師子似虎，正黃有頓耏，尾端茸毛大如斗。」師古曰：「師子即《爾雅》所謂狻猊也。狻音酸。猊音倪。」中國本無獅子，烏弋山離即亞歷山大里亞·普洛夫達西亞（Alexandria Prophthasia），馮承鈞《西域地名》謂"Alexandria"乃「《希臘古地誌》城名，古城以此為名者不少，其為中國史籍所著錄者有二：一為《前漢書》之烏弋山離國，《魏略》之烏弋國，今阿富汗之赫拉特（Heart）。」[5] 烏弋山離乃伊朗古國。塞人在大月氏人脅迫之下，南下安息。安息王派蘇林率軍鎮壓塞人，塞人降，蘇林建立了政權（位處今阿富汗之法拉省）。此即《漢書》所稱之烏弋山離國。其地距長安萬二千二百里，不屬西域都護。《爾雅·釋獸》云：「狻麑，如虦貓，食虎豹。」郭璞注：「即師子也，出西域。漢順帝時疏勒王來獻犎牛及師子。《穆天子傳》曰：『狻猊日走五百里。』」郭璞以為「狻麑」便是獅子，如此即使至東

5　馮承鈞：《西域地名》（北京市：中華書局，1980 年第 2 版），頁 3。

漢順帝時中國才有獅子，早在《爾雅》編撰之時代，雖未得親見，獅子便已有具體形象。《說文解字‧犬部》：「狻，狻麑，如虦貓，食虎豹者。从犬夋聲。見《爾雅》。」許慎此釋大抵本諸《爾雅》。其中認識無誤者，乃知獅子屬貓科動科；其誤者則以獅子能「食虎豹」。獅子分佈於非洲和亞洲南部地區，生活於茂密之草甸草原（Meadow steppe）、稀樹草原，以及開闊之森林草原和灌木叢中。至於老虎，主要生活在熱帶和亞熱帶之長綠樹林，二者要相會並不容易。簡言之，獅在草原，虎在樹林，故《爾雅》、《說文》以為「狻麑」可以「食虎豹」，未必可信。古代之中國人能以「食虎豹」作為「狻麑」之特性，更是不可思議。今天，由於嚴重受到人類活動之威脅，獅子在亞洲除印度西北部森林外已基本上野外滅絕。

《漢書‧西域傳》贊語極言漢代成立經過五世之後，物產豐盛，奇珍異寶，充斥園囿：「自是之後，明珠、文甲、通犀、翠羽之珍盈於後宮，蒲梢、龍文、魚目、汗血之馬充於黃門，鉅象、師子、猛犬、大雀之群食於外囿。」經歷文景無為而治，休養生息五代，天下富庶，財力有餘，兵馬強盛。所以漢武帝能見到犀、象、玳瑁就開建了珠崖等七郡，有感於枸醬、竹杖就開設了牂柯、越巂等郡，聽說天馬、葡萄就打通了大宛、安息之路。從此以後，明珠、玳瑁、通犀、翠羽等珍寶積滿了後宮，蒲梢、龍文、魚目、汗血各種駿馬充滿了黃門，大象、獅子、猛犬、鴕鳥成群地游食於苑囿中。在《漢書‧西域傳》裡，師子（獅子）、大雀（鴕鳥）是兩種動物，並非一物，盛產於西

域。

又，《後漢書‧班梁列傳》：「臣老病衰困，冒死瞽言，謹遣子勇隨獻物入塞。」李賢注引《東觀記》曰：「『時安息遣使獻

| 狻麑圖（《古今圖書集成》）

因誤會而結合的獅子與大雀

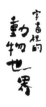

大爵、師子,超遣子勇隨入塞」也。」這裡李賢注引《東觀漢記》說的「大爵」即大雀,和獅子是兩種動物。

　　到了宋人丁度《集韻》裡,我們看見一個頗為特別的字——

| 明人所畫狻麑圖軸

「鶳」。《集韻・脂韻》:「鶳、鶳,鳥名,或省。」這裡指出一種雀鳥的名稱,可以寫作「鶳」或「鶳」;作「鶳」者省去「自」,故作「鶳」。《集韻》沒有指出「鶳」的來源,只言其為鳥的名字而已。明人張心烈《正字通・鳥部》:「鶳,舊註音師。鳥名。按:《博物志》條支國西海有獅子大雀。本作師,俗作鶳。」《正字通》所言,除了注音、鳥名等資訊以外,最重要的是援引了所謂《博物志》裡的一段文字。在《博物志》裡,説明條支國有一種動物「獅子大雀」,即是「鶳」,牠的名字本作「師」,俗寫作「鶳」。

　　為什麼説是「所謂」的《博物志》呢?因為張華《博物志》並沒有條支國的這條記載。不過在《續博物志》卻可尋得其踪影。《續博物志》舊題晉人李石所撰,然據其內容所載,有不少宋代的人和事,《四庫提要》謂其內容多為「宋人舊笈軼聞瑣語」,則出於宋人編撰明矣。《續博物志》卷三「條支國」載云:

> 條支國,臨西海,出師子、太雀。郭義恭《廣志》曰:大雀頸及身膺蹄都似橐馳,舉頭高八九尺,張翅丈餘,食大麥。其卵如甕,今之馳鳥也。漢元帝時有大鳥如馬駒,時人謂之爰居。

古籍本無標點斷句,離經辨志乃由後人所為。《續博物志》之「師子、大雀」,據後文所引郭義恭《廣志》,誤會可能因此而起。郭義恭是晉代人,《隋書・經籍志》子部雜家類載有《廣志》

二卷。《廣志》指出，大雀的頸項、蹄皆與駱駝相似，身形高大，抬頭時候高八至九尺。翅膀打開了有一丈多長。大雀的糧食是大麥。大雀所生蛋如甕般一樣巨大，其實即是今天所言駝鳥。在漢元帝時，有一大鳥如馬般大，當時的人稱之為「爰居」。明顯地，《廣志》只是解釋了「太雀」，而沒有及於「師子」，大抵因其不難明白。可是，因為《廣志》沒有注釋，後世學者以為《廣志》旨在注釋一種名為「師子太雀」的大鳥，即《正字通》所言「鰤」。其實，《廣志》所注釋之「大雀」，顯而易見乃即今之所謂駝鳥。

條支國在哪裡呢？條支國，即塞琉古帝國，又稱塞琉古王朝或塞流卡斯王朝、塞流息得王朝。條支國由亞歷山大大帝部將塞琉古一世所創建，其疆域以敘利亞為中心，包括伊朗和美索不達米亞在內。在《史記・大宛列傳》裡，也有條支國的記載：

> 條枝在安息西數千里，臨西海。暑溼。耕田，田稻。有大鳥，卵如甕。人眾甚多，往往有小君長，而安息役屬之，以為外國。國善眩。安息長老傳聞條枝有弱水、西王母，而未嘗見。

這裡所說的「西海」，大概就是波斯灣、紅海、阿拉伯海，以至印度洋西北部的位置。《漢書・西域傳》裡的大雀，加之以《後漢書》、《續博物志》等的描述，其實也不過是陳陳相因，所指

皆為今之鴕鳥。

鴕鳥，乃現存世界上最大之鳥。竹鴕鳥蛋重量可達一點三公斤，為當今世上最大之鳥蛋，相較鴕鳥之身形而言，鴕鳥蛋乃所有鳥中最小。又，安息國「有大馬爵」句，顏師古注：「《廣志》云『大爵，頸及膺身，蹄似橐駝，色蒼，舉頭高八九尺，張翅丈餘，食大麥』。」元人王惲《玉堂嘉話》：「曰駝鳥者，即安息所產大馬爵也。」可知「大馬爵」亦即鴕鳥也，又因其見於安息，故上引「安息雀」所指亦為同物。結合諸家注解所言，此大鳥高八九尺，《廣志》作者郭義恭為晉人，其時一尺約三十釐米，則大鳥高約二四〇至二七〇釐米。考諸今之鴕鳥，雄鳥體形較雌鳥大，身高約二〇〇至二五〇釐米，最高可達二七〇釐米，雌鳥體形略小，身高約一七五至一九〇釐米，則《廣志》所言與雄性鴕鳥體形相近。又，一丈等同十尺，據此而論，大鳥張翅長度超過三〇〇釐米，此亦與今所見鴕鳥相同。至於與駱駝有相似之處，亦與鴕鳥相同。鴕鳥頸長，與駱駝相同；駱駝足寬闊具墊，在沙中行走可起穩定作用，鴕鳥腿壯而無毛，以二趾站立，其大者即呈蹄狀。鴕鳥屬於草食性單胃禽類，主要吃漿果和肉莖植物，亦兼及如蝗蟲、螞蚱等昆蟲。上引《廣志》等以為大鳥食大麥，大麥自為植物，此習性亦與鴕鳥無異。

獅子乃哺乳類動物，鴕鳥乃卵生的鳥類，二者結合，自是不可思議。還有，二者是如何結合呢？究竟是獅頭鳥身，抑或是鳥首獅身呢？無論是如何的組合，怎樣的想像，這種動物只能活在傳說之中，不太可能是事實。「𪂂」其實即是鴕鳥，與獅

因誤會而結合的獅子與大雀

┃ 駝鳥（《古今圖書集成》）

駝鳥圖

子最接近的，大抵乃鴕鳥生性較為凶悍而已。事實上，古文獻所記載的鴕鳥，本身已經是非常神怪。《魏書‧波斯傳》云：「有鳥形如橐駝，有兩翼，飛而不能高，食草與肉，亦能噉火。」《新唐書‧吐火羅傳》云：「高七尺，色黑，足類橐駝，翅而行，日三百里，能噉鐵，俗謂駝鳥。」王惲《秋澗集》卷九十四劉郁〈西使記〉謂海西富浪國「有大鳥，駝蹄蒼色，鼓翅而行，高丈餘，食火，其卵如升許。」看到鴕鳥能夠吃火吃鐵，只能說是出於古人豐富的想像力。鴕鳥無牙，會吞食石子以磨碎胃中的食物，古人或許以此為「噉鐵」；「噉火」則實在是難以解釋。

今天，我們對於鶵的認識非常有限，因古書之記載過於簡略。但是，在早期的載錄裡，根本沒有鶵的記載。獅子、大雀本是兩種動物，所謂條支國出產此物種，而非有一種「獅子大雀」的動物。鶵是鳥名，乃即大鳥，取今所見物種細加比較，實乃鴕鳥無疑。

能知人心的大犬

常言道，狗是人類最忠實的朋友。這不單是現代人的說法，二千多年前的許慎亦然。《說文解字·犬部》：「獒，犬如人心可使者。从犬敖聲。《春秋傳》曰：『公嗾夫獒。』」獒不是一般的狗，言人心可使，即能聽從人的意願而可供驅使的犬，可見獒犬特別服從人的命令。《爾雅·釋畜》特別關注牠的大小，云：「狗四尺為獒。」以為身高四尺的狗便是獒犬。《廣韻·下平·豪》說得更清楚，謂：「獒，犬高四尺。」明確指出「四尺」乃其身高，等同一三三點三釐米，其高大可見一斑。

獒犬的本事，我們還可以在晉靈公欲以獒犬襲擊趙盾一事可知。《左傳·宣公二年》：

> 秋九月，晉侯飲趙盾酒，伏甲，將攻之。其右提彌明知
> 之，趨登，曰：「臣侍君宴，過三爵，非禮也。」遂扶以
> 下。公嗾夫獒焉，明搏而殺之。盾曰：「棄人用犬，雖猛何
> 為！」鬭且出。提彌明死之。

據《左傳》所載，晉靈公為君不守君道，大量徵稅以滿足奢侈生活。靈公從高臺上用彈丸射人，以觀其避丸之狀。有一次，廚師沒有將熊掌燉爛，靈公即殺掉廚師，放在筐裡，命人以頭

犬圖（《古今圖書集成》）

犬圖

頂著帶離朝廷。趙盾和士季看見露出了死人的手，便問及廚師被殺的原因，得知後為晉靈公的無道而感到擔憂。二人欲勸諫靈公，士季以為如果二人一起去進諫而國君不聽，即無以為繼。遂先行勸諫，如果靈公不接受，趙盾則可繼續進諫。士季往見晉靈公，靈公表示已經知錯。可是，靈公並沒有真的改正。趙盾再三勸諫，靈公漸感討厭，遂派遣鉏麑刺殺趙盾，事不成。秋天九月，靈公宴請趙盾，事先埋伏武士，準備殺掉趙盾。趙盾的車右提彌明發現了這個陰謀，快步走上殿堂，指出臣下陪伴君王宴飲，酒過三巡如不告退，即不合禮儀。於是，扶起趙盾走下殿堂。晉靈公派出獒犬咬嚙趙盾。提彌明徒手與獒犬搏鬥，打死獒犬。趙盾以為棄人用犬，雖然凶猛但有何用。趙盾與提彌明二人與埋伏的武士邊打邊退。最後，提彌明戰死。對於這裡出現的「獒」字，杜預注：「獒，猛犬也。」楊伯峻《春秋左傳注》援引《爾雅·釋獸》、《說文解字》之文，以為獒犬身高四尺，乃知人心而可使者。上引《說文解字》釋「獒」字引《春秋傳》曰「公嗾夫獒」，所謂《春秋傳》者正是《左傳·宣公二年》之文。這裡還有一點值得注意，《左傳》「公嗾夫獒焉」句，「嗾」是使犬之意，《玉篇》卷五「嗾」字條下云：「蘇走、先奏二切。《左氏傳》曰：公嗾夫獒焉。《方言》曰：秦晉冀隴謂使犬曰嗾。」據《玉篇》所引《方言》，知「嗾」字是秦、晉、冀、隴一帶的方言，乃使犬之意；且晉靈公自是晉人，用晉方言無誤。在今天我們所見的《方言》裡，並沒有「嗾」字的記載。今《方言》卷七「秦晉之西鄙自冀隴而西使犬

曰哨」,錢繹《疏證》云:「《説文》:『哨,不容也。才笑切。』
……『嗾,使犬聲。《春秋傳》曰:「公嗾夫獒。」』宣二年《左
氏傳·釋文》云:『服本作「噉」。』《正義》引服虔云:『噉,
取也。獒,犬名。公乃嗾夫獒,使之噬盾也。』《公羊傳疏》云:
『今呼犬謂之屬。』『哨』、『嗾』、『噉』、『屬』聲轉,字異,義
並同也。」據錢繹考證,知「哨」、「嗾」、「噉」、「屬」等字意
義相同。簡言之,獒雖凶猛,但人可使喚之,晉靈公使之襲
趙盾即其明證。因此,後來有人以獒犬協助狩獵,以其凶猛而
可使也。

　　在生物分類法裡,獒乃哺乳綱食肉目犬科犬屬灰狼種的動
物。獒的主要品種包括藏獒和雪獒。獒的身體高大,性情凶
猛,垂耳,長毛,能助人類打獵,也可使用在看門或警戒的工
作上。以藏獒為例,一隻純種成年藏獒重五十至六十公斤,身
長約一米,肩高零點六米以上。藏獒凶狠善鬥,有頗多傷人記
錄。在不同時代,一尺的長短也有分別。商代的一尺等於今天
的16.95釐米,周代的23.1釐米,秦代的23.1釐米,漢代的21.35
至23.75釐米,三國時期的24.2釐米,南朝的25.8釐米,北魏的
30.9釐米,隋代的29.6釐米,唐朝的30.7釐米,宋元的31.68釐
米,明清的31.1釐米,今天的一尺是30.48釐米。《爾雅》乃秦
漢之間的典籍,按此推算,四尺高的獒犬大約等同88釐米。此
數字雖較今之獒犬肩60釐米有異,然古人大抵不算肩高,而從
頭部開始以作目測,則四尺之獒與今之獒犬身高相差無幾。

　　《尸子》云:「五尺大犬為猶。」指出「猶」是五尺的大犬。

顏之推《顏氏家訓・書證》引作「五尺犬為猶」，王利器《顏氏家訓集解》以為清人盧文弨抱經堂校定本「五」誤作「六」，當以「五」為正。郝懿行《爾雅義疏》引《顏氏家訓》亦作「六」，即據誤本矣。郝氏云：「《尸子》曰：『五尺大犬為猶。』《顏氏家訓・書證篇》引作『六尺犬為猶』，《文選・養生論》注引作『五尺大犬為豫』，並與《爾雅》異也。」郝氏所言可商。《爾雅・釋畜》此文謂「狗四尺為獒」，所釋乃身高四尺的獒犬，《尸子》、《顏氏家訓》等所援引者則為高五尺之「猶」，二者本無關係，雖同為犬，當是二種，郝說可補。清人汪繼培《尸子校正》云：「《顏氏家訓・書證篇》、《爾雅・釋獸》釋文、《止觀輔行傳・宏決》四之四。《文選・養生論》注『猶』作『豫』，誤。任本作『大犬五尺為豫』，蓋以意改。」明確指出「猶」之見於《爾雅・釋獸》；與〈釋畜〉之「獒」當為二物。清人段玉裁《說文解字注》注釋「獒」字云：「〈釋嘼〉曰：『犬高四尺曰獒。』」亦有誤。此文當見於《爾雅・釋畜》，並非〈釋獸〉，大抵亦段氏撰書刊落不盡之故。五尺、六尺之「猶」，今已不見，四尺之獒尤當珍惜。

如上文所言，獒有藏獒和雪獒兩種。藏獒最早的文獻記載，來自威尼斯共和國的商人、旅行家及探險家馬可波羅（Marco Polo, 1254-1324）的《馬可波羅行紀》（*Livres des merveilles du monde*）。在遊記中，記述馬可波羅從成都到達西藏時，得見西藏「有無數番犬，身大如驢，善捕野獸」（《馬可波羅行紀》第一一五章「重言土番州」），此等番犬，身形高

大，生性善獵，產自西藏，當即藏獒無疑。前文援引《說文解字》，指出獒犬乃「犬如人心可使者」，可知獒犬能聽從人的意願而可供驅使，故極為適合狩獵之用。今天，人類飼養狗隻，特別看重狗的服從性。藏獒雖然凶猛，但如能加以馴養，當可在狩獵場上大顯身手，協助主人捕捉獵物。元帝國之管治幅員廣闊，及於今之西藏，故馬可波羅能得見藏獒。臺北故宮博物院藏有「元人畫貢獒圖軸」，此畫作收錄在《故宮書畫圖錄》第

| 元人畫貢獒圖軸（現藏臺北故宮博物院）

五冊。細看其中的「獒」，頗像獅子，而與獒稍有不同。《漢書‧西域傳》載烏弋山離國有獅子，就元代而言，是古已有之，故所謂「貢獒」云云，未必可信。

宋末元初的錢選，有《西旅貢獒圖》之作。《尚書‧旅獒》云：「惟克商，遂通道于九夷八蠻。西旅底貢厥獒。」按孔穎達疏，「西旅」即西戎，乃西部的部落。早在先秦時期，西部少數民族便開始向中原進貢獒犬。《尚書‧旅獒》旨在勸戒帝王不能

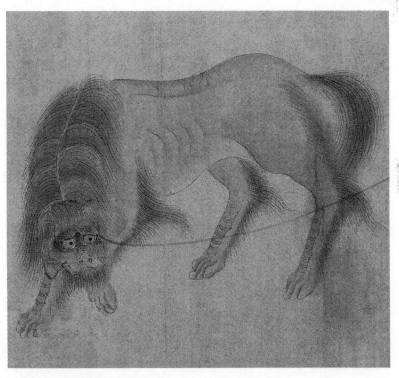

| 錢選《西旅貢獒圖》（局部）

因所貢獒犬而「玩物喪志」。歷代有不少「貢獒圖」，其目的在於歌功頌德，以見「萬國來朝」的氣勢。可惜，錢選筆下的「獒」，明顯地是獅子而非獒犬。元末明初的詹同，撰有《出獵圖》詩，其云：「蒼鷹焱起若飛電，四尺神獒作人立。」（《明詩別裁集》卷一）這裡指出獒犬身高四尺，可以像人類一般站立。蒼鷹與神獒，大抵皆在協助獵人狩獵。

《親藩圍獵圖》乃清代畫作，未知作者，描繪了貴族青年在庭園內相犬的情節。就圖中所見，青年在虎皮椅上看著黑色獒犬，既驚且喜，面露愜意。獒犬作為獵犬，可以捕捉虎豹，深受貴族喜愛。此所見獒犬，與上兩幅作品截然不同，不再是獅

| 佚名《親藩圍獵圖》

子，沒有發生誤會。滿族人世代敬犬，不吃狗肉，對狗的了解自比其他民族更為深入。當然，前述二圖之繪畫者未必無識，題畫者想當然而致誤，也為獒犬帶來了一點神秘。

　　獒犬生性凶猛，是否適合家中飼養，言人人殊。獒犬有好幾個品種，包括英國獒犬、鬥牛獒、波爾多獒犬、巴西菲勒獒犬、庇里牛斯獒犬、西班牙獒犬、那不勒斯獒犬、西藏獒犬等。其中不少品種的獒犬都是用藏獒為父本雜交改良繁殖培育出來的。藏獒外表威猛，曾有一段時間很受愛狗人追捧，必欲飼養之。然而，藏獒體形龐大，食量驚人，一頓可以吃上數磅牛肉。生病之時，服藥分量因按體重計算，故其用藥也是其他犬隻的數倍。飼養藏獒所花的時間和金錢難以估算，不少人最後只能棄養；而遭棄養的藏獒，亦因上述原因，難尋新主，結果慘遭人道毀滅。愛之適足以害之，靡不有初，鮮克有終。對待任何寵物，持之以恆的投入和愛心實在最為關鍵。

五福臨門

．．．．．．．．．．

　　十數年來，蝙蝠與冠狀病毒一直糾纏不清，不同的醫學研究均顯示蝙蝠是這些病毒的儲存宿主。蝙蝠族群數量龐大，蝙蝠是對翼手目動物的總稱。在生物分類法中，蝙蝠是哺乳綱翼手目的生物。翼手目即以手為翼的意思，這一目的動物，一共有十九個科，一八五個屬，九六二個品種，在哺乳動物中，是僅次於嚙齒目動物的第二大目。

　　讓我們看看傳統字書如何記載蝙蝠。《爾雅．釋鳥》云：「蝙蝠，服翼。」指出蝙蝠又稱「服翼」，這種解說似乎未饜人意。唐人歐陽詢所編《藝文類聚》卷九十七引《孝經援神契》云：「道德遺遠，蝙蝠伏匿，故夜食。」指出蝙蝠白天伏匿，晚上覓食。郝懿行謂「伏匿、服翼聲相近」，其言是也。可知《爾雅》謂蝙蝠又名服翼，服翼之名實因其伏匿之特性。蝙蝠是唯一真正懂得飛行的哺乳動物，古人誤以為屬鳥類，故置於「釋鳥」之中。這雖然是一種誤解，但先民認知有限，自是無可厚非。

　　《說文解字》是東漢許慎解釋單字的經學用書，書內正文都是單字編排。蝙蝠是一個語素的單純詞，「蝙」與「蝠」二字不可分離；「蝙」沒有了「蝠」便不能成義，反之亦然。《說文解字．虫部》云：「蝙，蝙蝠也。从虫扁聲。」「蝠，蝙蝠，服翼也。从虫畐聲。」「蝙蝠」二字乃一語素，二字只能緊扣在一

起，在字書裡，我們找不到「蝙」還可以跟其他字組成的詞彙。
古漢語詞彙以單音節為主，雙音節固然有，例如聯綿詞便是兩
個音節連綴成義而不能拆開的詞。「蝙蝠」二字構成的正是聯綿
詞。《說文》解釋的都是單字，可是「蝙蝠」不能分割，分開了
便沒有特別的意義。因此，「蝙」和「蝠」二字只能分開解說，
但在《說文》裡二字位置相連，且釋義相同。

| 蝙蝠（《爾雅圖》）

揚雄《方言》也提到了蝙蝠，其云：「蝙蝠，自關而東謂之服翼，或謂之飛鼠，或謂之老鼠，或謂之僊鼠。自關而西秦隴之間謂之蝙蝠。北燕謂之蟙䘃。」可見在不同的地域，蝙蝠有著相異的名字。秦漢時期，以函谷關為界，東為「關東」，西為「關西」。關東地區稱蝙蝠為服翼、飛鼠、老鼠、僊鼠，關西地區則稱之為蝙蝠，燕之北面則稱之為蟙䘃。蝙蝠可稱服翼，這在上文已曾交代，此不贅言。但蝙蝠可否等同飛鼠或老鼠，實在使人費煞思量，下文再述。

不單在字書裡，文學作品裡也經常見到蝙蝠的描寫。曹植撰有〈蝙蝠賦〉（見《曹植集校注》卷二），代表了當時人對蝙

| 飛鼠（《三才圖會》

蝠的認識。其文如下：

> 吁何奸氣！生茲蝙蝠。形殊性詭，每變常式。行不由足，
> 飛不假翼。明伏暗動，□□□□，盡似鼠形，謂鳥不似，
> 二足為毛，飛而含齒。巢不哺鷇，空不乳子。不容毛群，
> 斥逐羽族。下不蹈陸，上不馮木。

曹植指出，是何等的奸氣，才誕下了蝙蝠。蝙蝠外表怪異，與常見的動物不太相同。蝙蝠移動的時候不用腳，飛翔的時候不用翅膀。蝙蝠是晝伏夜出的。其形狀如鼠，又不像鳥，蝙蝠腳上有毫毛，能飛但嘴裡有牙齒。蝙蝠巢居但不哺食鳥雛，無鳥類之特徵。蝙蝠不為獸類所容，亦嘗為鳥類所驅逐。蝙蝠不在陸地上行走，也不在樹木上棲息。曹植是漢末三國人，以其賦觀之，當時對蝙蝠的認識已經頗為全面。蝙蝠的翼膜是和腿連在一起的，所以蝙蝠不能站立，在地面上只能爬行，曹植所言「行不由足」大抵因此而來。所謂「明伏暗動」，乃蝙蝠的生活習性，即晝伏夜出也。今天，約有百分之七十的蝙蝠捕食昆蟲，而這些昆蟲如飛蛾、小飛蟲等，多在晚上出沒，因此蝙蝠也只能在這個時候活動。

人與大自然如何取得平衡，有什麼可吃什麼不可吃，歷來甚多爭論。吃了本不該吃的東西，往往引發出不同類型的疾病。《抱朴子‧仙藥》云：「千歲蝙蝠，色白如雪，集則倒縣，腦重故也。」「陰乾末服之，令人壽四萬歲。」《抱朴子》的作

者是葛洪，晉代人，愛好煉丹，乃道教中人。《抱朴子》分為內篇與外篇，自言內篇所言乃「神僊、方藥、鬼怪、變化、養生、延年、禳邪、却禍之事」，所以上文指出千歲的蝙蝠在曬乾以後，舂成粉末，服用後可令人享壽四萬歲。人的壽命有可能至四萬歲嗎？此自是誇大之詞，至於蝙蝠有沒有延年益壽之用，且看下文李時珍的解說。比葛洪時代稍早的崔豹，在其《古今注》卷中云：「蝙蝠，一名仙鼠，一名飛鼠。五百歲則色白。腦重集則頭垂，故謂之倒折，食之神仙。」這裡指出蝙蝠不同的名字，可稱為「仙鼠」、「飛鼠」等，五百歲的蝙蝠色白。由於蝙蝠腦重，所以只能倒掛，吃了蝙蝠可以成仙。我們今天看到的蝙蝠，大多數是褐色、灰色和黑色的。如果有白色的蝙蝠，似乎只可能是白化的蝙蝠，牠只是罕見，而不可能是五百歲。葛洪的說法很可能是受到崔豹的影響。

　　無論是《方言》的記載，抑或是《古今注》的說法，皆言蝙蝠又稱「飛鼠」，實在也是不盡正確的。飛鼠即鼯鼠，外觀上或許與蝙蝠有些相似，而且看似能飛，堪比蝙蝠。其實，鼯鼠在現代生物分類法屬哺乳綱齧齒目松鼠科鼯鼠族，與蝙蝠之屬翼手目全然不同。鼯鼠的飛膜可以幫助牠在樹與樹之間快速滑行，但由於無法產生足夠的升力，因此鼯鼠只能滑翔，而不能真正的飛行。《荀子‧勸學》謂「鼯鼠五技而窮」，楊倞注：「能飛不能上屋，能緣不能窮木，能游不能渡谷，能穴不能掩身，能走不能先人。」荀子指出鼯鼠本領眾多，卻又有許多不足，楊倞注「能飛而不能上屋」，已經說明鼯鼠不能向上飛行的事實。

李時珍《本草綱目》説得更為明白，以為鼯鼠「能從高赴下，不能從下上高」，其言是也。

鼯鼠的本領，還可彰顯在「五靈脂」一物之上。五靈脂，中藥材名，乃橙足鼯鼠和飛鼠等的乾燥糞便。在採得以後，還要揀淨砂石、泥土等雜質。據藥理學研究測定，五靈脂含有大量樹脂、尿酸及維生素A類物質，最常用於活血袪瘀。糞便也有用處，是鼯鼠本領眾多的又一反映。動物糞便可以製藥，除了五靈脂以外還有不少，雞屎白、蠶砂、蟲茶這些都可以顧名而思義，其他如龍涎香（抹香鯨）、望月砂（野兔）、夜明砂（蝙蝠）、白丁香（麻雀）等，文字優美，不説不知，皆出於某動物，反映了古代中醫藥結合大自然的智慧。

| 張刊本《本草綱目》附圖

説回蝙蝠。蝙蝠不可食用，明人李時珍在《本草綱目》裡嘗加説明。李時珍云：「伏翼形似鼠，灰黑色。有薄肉翅，連合四足及尾如一。夏出冬蟄，日伏夜飛，食蚊蚋。自能生育，或云鼺鼠化蝠，鼠亦化蝠，蝠又化魁蛤，恐不盡然。生乳穴者甚大。或云燕避戊己，蝠伏庚申，此理之不可

曉者也。若夫白色者，自有此種爾。《仙經》以為千百歲，服之令人不死者，乃方士誕言也。陶氏、蘇氏從而信之，迂矣。」李時珍指出了蝙蝠的一些特點，並特別指出有白化蝙蝠，而非蝙蝠之有千百歲。進言之，李時珍批評陶弘景注《神農本草經》、蘇恭《唐本草》等以為白蝙蝠食之可以不死，實乃迂誕之說。李時珍再援引李石《續博物志》云：「唐陳子真得白蝙蝠大如鴉，服之，一夕大泄而死。又宋劉亮得白蝙蝠、白蟾蜍合仙丹，服之立死。」據《續博物志》所言，白蝙蝠實不可服用。援引此書後，李時珍以為「書此足以破惑矣。其說始載於《抱朴子》書，葛洪誤世之罪，通乎天下」。因世人以為白蝙蝠可以服用，惟觀乎《續博物志》所言，服食白蝙蝠或可致命。李時珍以為此說始自葛洪上引《抱朴子・仙藥》所言，許多人因此說

| 五福臨門圖騰

而受誤導。李時珍生活在五百年前,而有此卓識,《本草綱目》不愧為中國古代本草學集大成之作。

蝙蝠在中國傳統文化裡還有吉祥的象徵,原因在於「蝠」和「福」的諧音關係。我們都會聽過「五福臨門」這句成語,據《尚書・洪範》,「五福:一曰壽,二曰富,三曰康寧,四曰攸好德,五曰考終命」,可知五福所指的是長壽、富貴、康寧、好德、善終。在不少以「五福臨門」為主題的年畫、玉石裡,我們會看到繪畫的正是五隻蝙蝠,蝙蝠是吉祥到來的象徵。蝙蝠在近年來一直予人與病毒有密切關係的印象,回首過去,牠卻是代表了如意吉祥。五福臨門與病毒纏身皆緣於同一種動物,人與大自然究竟要如何相處,永遠是人類社會需要深入探討的課題。

兕與犀

兒子一直都很喜歡動物，曾經有一段時間，他最愛的是犀牛，於是一家人搜羅了不少與犀牛相關的物品，職是之故，以下讓我們來談談犀牛。

《史記‧孔子世家》載孔子與弟子厄於陳蔡之時，絕糧。弟子有的病倒了，不能上課。在困厄之中，孔子仍然誨人不倦，弦歌不衰。可是，面對困境，孔子縱是堅毅，也不是無動於衷的。他明白到弟子已有所怨恨，遂召喚其中三人，包括子路、子貢、顏回等，問了同一道的問題。孔子的問題是：「《詩》云：『匪兕匪虎，率彼曠野』。吾道非邪？吾何為於此？」孔子一生希望覓得明君重用自己，事與願違，只能周遊列國，卻時遭困厄。孔子問學生，以為大家都不是兕不是虎，何以卻像猛獸一般，遊弋荒野，是因為自己的道理不正確嗎？否則何以淪落至此。孔門教學著重啟發，這裡問題相同，學生的回答各異，其中顏淵以為君子不應苟合取容，要以修行己德為本任，即使不遇明君，亦屬君主之弊。孔子對此深以為然，道出「使爾多財，吾為爾宰」八字，以顏淵所言為至理。

以上對話所引之《詩》，見於《小雅‧何草不黃》。原文說：「匪兕匪虎，率彼曠野。哀我征夫，朝夕不暇。」《毛傳》：「兕、虎，野獸也。」指出「兕」和「虎」是兩種動物，注釋簡約到不

得了。這裡的意思是說不是「兕」不是「虎」，領著他們走在曠野。詩人悲哀其國戰士，以為戰士們早晚沒有空暇。「虎」所指的是老虎，毫無疑問，也理所當然。可是，「兕」是什麼動物呢？在我們今天認識的動物裡，並沒有名為「兕」者，究竟這是傳說中的動物，抑或是已滅絕的物種，即古動物名稱呢？

我們看看注釋《詩經》的人如何解釋「兕」字。陳子展《詩經直解》釋為「兕牛」，程俊英《詩經譯注》釋為「野牛」，周振甫《詩經譯注》同。解釋《詩經》的學者大都以野牛釋之。以下所見乃甲骨文與《說文》小篆及古文之「兕」字字形：

（甲骨文）　　　（小篆）　　　（古文）

「兕」、「𤉡」字

在甲骨文字形裡，「兕」是平面而視之獸，兩腳，有尾，巨首，獨角；《說文》所載古文字形與此相類，卻由獨角變成對角。小篆「𤉡」字反映筆劃之規範化，並且長出了四隻腳，與我們今人認識的獸類相同。再看看字書裡的解釋。《爾雅・釋獸》：「兕似牛。」郭璞注：「一角，青色，重千斤。」[6] 可見「兕」

6　案：郭璞在《山海經》注謂「兕」重三千斤，與《爾雅》此注「重千斤」不同。清人郝懿行以為「三」字是衍文，當以「千斤」為是。

《西遊記》第五十回「情亂性從因愛慾　神昏心動遇魔頭」，繡像裡在上位者乃獨角兕大王（內閣文庫藏明刻本《李卓吾先生批評西遊記》）

是頭一角青牛。東漢許慎《説文解字》沒有「兕」字，只有「𪊟」字，兩者音義相同，《説文·𪊟部》云：「𪊟，如野牛而青。象形。與禽、离頭同。凡𪊟之屬皆从𪊟。」據此，知《説文》亦以兕為青牛。在明代《西遊記》裡，青牛是太上老君的坐騎，小説裡稱牠為「兕大王」、「獨角兕大王」，其釋義顯與《爾雅》郭注相同。《儀禮·鄉射禮》「大夫，兕中，各以其物獲」，鄭玄注：「兕，獸名，似牛一角。」又，《山海經·海內南經》有這樣的記載，「兕在舜葬東，湘水南。其狀如牛，蒼黑，一角。」可見兕之狀如牛，青黑色且有一角。

兕應該是一種頗為凶猛的動物，故得與虎並稱。前引〈何草不黃〉的「匪兕匪虎」以外，《老子》第五十章：「蓋聞善攝生者，陸行不遇兕虎，入軍不被甲兵。」長沙馬王堆帛書《老子》甲本作「矢虎」。蕭統《文選》載漢代張衡〈西京賦〉云：「威懾兕虎，莫之敢伉。」晉人葛洪《抱朴子外篇·行品》：「赴白刃而忘生，格兕虎於林谷者，勇人也。」皆見「兕」與「虎」合稱，且其凶猛非常，無人能擋，當為猛獸無疑。

J21990　　J22000　　J22034

甲骨文「犀」字

有時候，「兕」又被稱為犀牛，二者是否同一種動物，討論頗多。楊龢之〈中國人對「兕」觀念的轉變〉、[7] 張之傑〈中國犀牛淺探〉[8] 都曾論及。《山海經‧南山經》云：「東五百里，曰禱過之山。其上多金、玉，其下多犀、兕。」這裡的「犀」和「兕」應該是兩種動物。晉人郭璞注：「犀似水牛。豬頭，痺腳，腳似象，有三蹄。大腹，黑色，三角：一在頂上，一在額上，一在鼻上。在鼻上者小而不墮，食角也。好噉棘，口中常灑血沫。兕亦似水牛，青色，一角，重三千斤。」郭注指出犀牛的形狀與水牛相似，頭如豬，腳短似大象。所謂「三蹄」者，指的是犀牛蹄有三短趾，此與現存犀牛的特徵相同。今廣西欽州犀牛腳鎮三面環海，一面接陸，其命名便是取諸犀蹄之狀。郭注再指出犀牛腹部肥大，呈黑色，有三角。今存犀牛多呈灰色或褐色，頭部有實心的獨角或雙角。作三角者極為罕見，在二〇一五年十二月，非洲（Namibia）的野生動物公園發現一頭三角犀牛，其第三隻角長在雙耳之間，南非野生動物醫生馬雷（Johan Marais）以為三角犀牛通常四十至五十年才出現一隻。郭璞指出犀牛愛吃荊棘，就現存五種犀牛而言，較為接近蘇門答臘犀牛的習性。《爾雅‧釋獸》也有犀的記載，其云：「犀似豕。」郭璞注：「形似水牛，豬頭，大腹，庳腳。腳有三蹄，

7　楊龢之：〈中國人對「兕」觀念的轉變〉，載《中國科技史學會會刊》第 7 期（2004 年 4 月），頁 10-18。
8　張之傑：〈中國犀牛淺探〉，載《中國科技史學會會刊》第 7 期（2004 年 4 月），頁 85-90。

兕與犀

黑色。三角，一在頂上，一在額上，一在鼻上。鼻上者，即食角也。小而不橢，好食棘。亦有一角者。」同是晉人郭璞注，《爾雅》注和《山海經》注便稍有不同。《山海經》郭注謂犀牛「口中常灑血沫」，《爾雅》注則無相關記載。觀乎犀牛的外形特徵和生活習性，似乎都沒有口流血沫。惟考之河馬，其身軀會分泌出紅色的黏性液體，如同汗血，郭注或誤以此繫之犀牛，亦未可知。可是，現在的中國並沒有河馬，但雲南開遠縣在一九七六年曾發現六齒矮河馬的化石，或許接近今印度之邊境地區確有河馬生存之迹。又《山海經・海內南經》云：「狌狌西北有犀牛，其狀如牛而黑。」同樣指出犀牛狀如牛而黑色。以上是中國先民對犀牛的認識。郭璞以為「兕亦似水牛，青色，一角，重三千斤」；法籍神父雷煥章（Jean Almire Robert Lefeuvre）〈兕試釋〉、[9] 楊龢之〈中國人對「兕」觀念的轉變〉皆以為「兕」即亞洲水牛之屬，即今已滅絕的野生聖水牛，大抵可信。

《山海經》所言或許語涉荒誕，未必可信，但《漢書・西域傳》已明確記載西域諸國有犀牛。《漢書・西域傳》云：「烏弋山離國，王去長安萬二千二百里。……有桃拔、師子、犀牛。」烏弋山離乃伊朗古國。此言烏弋山離國有犀牛，其地在今伊朗高原、阿富汗一帶。今所見五種犀牛，白犀分佈在非洲東北部和南部、黑犀分佈在非洲撒哈拉沙漠地區、獨角犀分佈在印度雅魯藏布江河谷與草原、小獨角犀分佈在東南亞之熱帶森林和

---

9 雷煥章：〈兕試釋〉，《中國文字》新第 8 期（1983 年），頁 84-110。

紅森林沼澤和竹林中、雙角犀分佈在東南亞山區坡地之原始森林中，皆不在烏弋山離所在之地，與之最為接近者當推獨角犀（又名印度犀牛）所處之地。可惜的是，獨角犀今在野外者不足二千五百頭，處於瀕危狀態，可見保護瀕危物種之迫切及其重要性。

　　中國大陸環境保護部刊出一篇摘自*China's Biosphere Reserves*的文章〈生物多樣性保護警示錄〉：「一些動物滅絕和瀕危處境更令人擔憂，僅中國在二十世紀就有七種大型獸類相繼滅絕：普氏野馬於一九四七年野生滅絕，高鼻羚羊於一九二〇年滅絕，新疆虎一九一六年滅絕，中國大獨角犀一九二〇年

野生的印度犀牛
（筆者攝於尼泊爾哲雲國家公園〔Royal Chitwan National Park〕）

滅絕，中國小獨角犀一九二二年滅絕，中國蘇門犀一九一六年滅絕，中國白臀葉猴一八八二年滅絕。」大獨角犀即印度犀牛，小獨角犀即爪哇犀牛，蘇門犀即蘇門答臘犀牛。可知在二十世紀初期，三種在中國本土得見的犀牛已告滅種，今天的中國，我們只可以在動物園裡看見犀牛了。

兕生性凶猛，能與虎並稱；犀牛是草食動物，生性溫馴，二者自是有所分別。《爾雅》說犀似豕而兕似牛便是最佳證據。郭璞將二者都說成「似牛」，其實是混為一談，並不正確。時代愈後，有關「兕」和「犀」的記載似乎愈趨混亂。宋人丁度所編《集韻》卷五，釋「兕」謂「一說雌犀也」，即「犀」為雄性犀牛，「兕」為雌性犀牛。到了明代，李時珍《本草綱目》載有「犀」和「兕」。《本草綱目·獸之二·犀》云：「犀字，篆文象形。其牸名兕，亦曰沙犀。《爾雅翼》云：兕與牸字音相近，猶羖之為牯也。大抵犀、兕是一物，古人多言兕，後人多言犀，北音多言兕，南音多言犀，為不同耳。詳下文。《梵書》謂犀曰羯伽。」又，明末張自烈《正字通》卷六謂犀「有山犀、水犀、兕犀三種」，「兕犀即犀之牸者。」指出「兕」即雌性的犀牛。姚孝遂指出，「《說文》以兕、犀分列，實本同字。兕為象形，犀則為形聲。舊說以獨角者為兕，二角或三角者為犀；《考工記·函人》『犀甲壽百年』，『兕甲壽二百年』，實則今通稱之曰『犀牛』而無別。」[10] 乃以「犀」、「兕」為一物，然觀乎二者習

---

10 于省吾主編：《甲骨文字詁林》（北京市：中華書局，1996 年），頁 1604。

性，實未饜人意。至近世《中文大辭典》權衡輕重，並存異說，收錄了「獸名」和「雌犀」兩種說法。

明人王圻及其兒子王思義所編《三才圖會·鳥獸》云：「兕似虎而小，不哑人。夜間獨立絕頂山崖，聽泉聲，好靜，直至禽鳥鳴時，天將曉方歸其巢。」哑是咬的意思。到了明代，「兕」變得與虎相似，只是不咬人而已；還會夜間獨立，有思想，至

| 《三才圖會》裡的「兕」

天亮方告回巢。此書是明代類書，圖文互證，反映了明代人的世界觀。書中所載及於想像，妙想天開，功用堪比百科全書。

「兕」已絕種，我們應該珍惜剩餘下來的犀牛。犀牛，現今主要分佈在非洲和東南亞。因犀角之藥用和藝術價值，獵人捕獵過度，近世以來，犀牛數量急促下降。現存的犀牛有五種，分別是「白犀牛」（19,682-21,077）、「蘇門答臘犀牛」（少於100）、「黑犀牛」（5,042-5,455）、「爪哇犀牛」（58-61）和「印度犀牛」（3,500）。[11] 其中印度犀牛和爪哇犀牛是獨角的，與另外三種雙角犀牛有所不同。在中國，蘇門答臘犀牛曾經廣佈於華南地區，尤其是在四川。一九一六年在中國滅絕。現存的四屬五種犀牛，除了白犀牛以外，其餘四科種均瀕臨絕種，保護犀牛，實在刻不容緩。

自二〇一〇年起，世界自然基金會南非辦公室發起了「世界犀牛日」（World Rhino Day），日期是每年的九月二十二日，其目的當然是保護現在倖存的五種犀牛。原來，不單是兒子喜歡犀牛，這天恰好也是我的結婚紀念日。

---

11 括號內為現存犀牛的數量，其統計資料來源自：https://www.savetherhino.org/rhino_info/rhino_population_figures

| 白犀牛（筆者攝於日本九州自然動物園）

| 女兒筆下的雙角犀

能舐食銅鐵及竹骨的稀有動物

李白說：「清風朗月不用一錢買。」蘇軾說：「惟江上之清風，與山間之明月，耳得之而為聲，目遇之而成色。取之無禁，用之不竭，是造物者之無盡藏也。」大自然是無價的，但要看動物，在今天，除非你真的與牠為鄰，否則還是要花點錢。

大熊貓是稀有動物，牠曾經「瀕危」，現在在國際自然保護聯盟瀕危物種紅色名錄裡已改變成為「易危」，情況有所改善。香港曾經有四隻大熊貓，牠們都在香港海洋公園，居住環境不錯，但要參觀便得付門票，二○一八年一月一日起的成人門票是港幣四百八十元，較諸其他地區而言，在香港看大熊貓的花費最鉅。[12] 或許不久的將來，觀賞大熊貓的門票花費可以成為一個地方的生活水平指標了。

大熊貓是熊的一種。二○○九年，中國大貓熊基因組測序研究項目完成。是次測序涉及了大貓熊的二十一對染色體上的二萬多個基因。研究結果顯示，大貓熊是熊科的一個種，並且

---

12 北京動物園是人民幣 10 元（約 12 港幣），日本上野動物園是 600 日圓（約 42 港幣），韓國愛寶樂園是 54000 韓圓（約 400 港幣），臺北市立動物園是 60 臺幣（約 15.7 港幣），澳門的大熊貓館是 10 澳元（約 9.7 港幣），新加坡河川生態園是 30 新幣（約 174 港幣），美國聖地牙哥動物園是 54 美元（約 422 港幣），英國愛丁堡動物園是 19 英鎊（約 200 港幣），柏林動物園是 15.5 歐元（約 144 港幣）。

與已完成基因組測序的物種中狗的基因組最接近。古漢語詞彙以單音節為主，熊貓屬熊科，讓我們先看看「熊」字：

許慎《説文解字‧熊部》：「熊，獸似豕。山居，冬蟄。从能，炎省聲。凡熊之屬皆从熊。」許慎指出「熊」是會意兼聲字。豕是小豬，在我們看來，熊和豬似乎一點也不相似。二者都是哺乳動物，但熊是食肉目熊科動物，豬則是偶蹄目豬科動物，兩者並不相近。今所見熊科有八種，分別是美洲黑熊、北極熊、棕熊、黑熊、馬來熊、懶熊、眼鏡熊、大熊貓。

熊（甲骨文）

熊（小篆）

因此，大熊貓屬熊科自無可疑。上文言大熊貓的基因組測序與狗的基因組最為接近，也可以在《爾雅》裡找得端倪。《爾雅‧釋獸》云：「熊虎醜，其子，狗；絕有力，麙。」意謂熊虎一類的動物，幼仔稱之為狗；極其強壯有力者稱為麙。熊的幼子稱之為「狗」，不就與大熊貓基因測序謂與狗之基因組最為接近頗為相似嗎？結合《爾雅》與現代基因組測序之結果，大熊貓屬熊科動物，殆無可疑。

大熊貓大概在距今三百萬年以前已經出現，主要分佈在東南黃河、長江和珠江流域，北及北京周口店，南達越南、泰國和緬甸北部等地。在《爾雅》裡亦有見其蹤影，古人對大熊貓如何稱呼，或以之為「貔貅」。《詩‧大雅‧韓奕》「獻其貔皮」；《爾雅‧釋獸》：「貔，白狐。其子，㹠。」郝懿行《爾雅義疏》

援引眾多書證，以見貔當為猛獸。據郝氏所舉，貔生性凶悍，能食母猴，出於北國，似與大熊貓之本性差異頗大。在一般情況下，大熊貓性情總是十分溫順，初次見人，常用前掌蒙面，或把頭低下，不露真容。大熊貓很少主動攻擊其他動物或人類，在野外偶然相遇之時，總是採用迴避的方式，故與猛獸並不相同。但到了繁殖季節，雌性熊貓會發出呻吟、低訴、咆哮

| 「貔，白狐。其子，縠」（《爾雅圖》）

能舐食銅鐵及竹骨的稀有動物

| 「貘，白豹」（《爾雅圖》）

聲；雄性熊貓則會為爭奪配對的雌性互相追逐、爭鬥。雄性熊貓甚至會殺死幼獸。但熊貓繁殖季節很短，所以我們能夠看到的應該都是牠溫順的一面。因此，熊貓不必是凶悍的貔貅。

《詩經》還有另一記載，《大雅・皇矣》言「貊其德音」，當

中的「貊」也可能是大熊貓。據《康熙字典》所載，「貘」字《唐韻》、《集韻》、《韻會》、《正韻》並莫白切，音陌。可知「貊」與「貘」相通。《爾雅・釋獸》：「貘，白豹。」郭璞注：「似熊，小頭庳腳，黑白駁，能舐食銅鐵及竹骨。骨節強直，中實少髓，皮辟濕，或曰豹白色者別名貘。」郭璞所注與大熊貓之特徵頗為相似，「似熊」自不在話下，上文已論大熊貓屬熊科。「小頭」，大熊貓的頭似乎不小，然觀其與身體相若，謂之為小亦可。「庳腳」，即矮腳，與大熊貓體態相同。「黑白駁」，即黑白二色相間，亦與大熊貓同。舐食「竹骨」絕對可以理解，此乃大熊貓日常最多食用的植物。「舐食銅鐵」卻有點教人匪夷所思。如果「貘」便是今天的熊貓，那麼熊貓可以吃銅鐵嗎？當然不能。可是在舊典裡似乎可見貘能吃銅鐵。題為西漢東方朔所撰之《神異經》，其云：「南方有獸焉，角足大小形狀如水牛，皮毛黑如漆，食鐵飲水，其糞可為兵器，其利如鋼，名曰：『嚙鐵』。」（《太平御覽》卷八一三）清代袁枚《新齊諧》卷六云：「房山有貘獸，好食銅鐵而不傷人，凡民間犁鋤刀斧之類，見則涎流，食之如腐。城門上所包鐵皮，盡為所啖。」東方朔的「嚙鐵」便是吃鐵的異獸，不過牠有角，與大熊貓未必相似。至於袁枚所論，貘獸真的非常喜歡吃鐵。今天，大熊貓能否吃鐵呢？一九八一年八月，四川臥龍自然保護區一隻名叫莉莉的七歲大熊貓，在用膳時將盛載飼料的鐵盆咬成碎塊而吞下，及後在其糞便發現碎塊。大抵大熊貓為了補充鹽分有時候會闖進村民家舐食鐵鍋裡的殘餘鹽分，人們才誤以為是在吃鐵。平情而

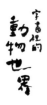

論，任何動物都沒有可能吃鐵，熊貓也不例外。此外，郭璞還指出貘的皮毛具有「辟濕」功效。成年大熊貓的毛髮是比較硬的，大抵也具有這種「辟濕」的功能。根據以上的幾種特徵，趙振鐸〈郭璞《爾雅注》簡論〉指出「前一段描寫的正是今天

| 貘（《三才圖會》）

的大熊貓」。[13] 趙説是也。準此，《爾雅》的「貘」與今天所見大熊貓最為相近。

　　唐宋之後，文獻所載的貘基本上只見於中國西南地區。這個情況也就與今天大熊貓見於四川相同。當然，貘也只能説是與大熊貓比較接近，不可能百分百保證必為大熊貓。有些記載近乎神話，與現代人眼裡的大熊貓全然不同，宋代羅願《爾雅翼》云：「貘，今出建寧郡，毛黑白，臆似熊而小，能食蛇，以舌舐鐵，可頓進數十斤，溺能消鐵為水。有誤食針鐵在腹者，服其溺則化。……今蜀人云峨眉山多有之。」可見時代愈後，大熊貓愈益厲害，牠不單可以吃鐵，食量頗大，多達數十斤，且吃其便溺更能幫助誤吃針鐵的人把針鐵排出體外。相較而言，食蛇只是其次。這裡的描述非常符合中國古代傳説愈演愈烈的發展原則。

　　或許有人會以為《爾雅》的「貘」更接近我們今天習見的馬來貘，其實不然。馬來貘分佈在低海拔的熱帶雨林，吃素，外形上最重要的特徵是吻與象鼻。這些都與以上《爾雅》郭璞注、《神異經》、《爾雅翼》等有著明顯的分別。

　　如果大熊貓便是從前的貘，那麼牠何以會被稱作「大熊貓」呢？時間是一八六九年，地點是中國四川西北部的寶興縣，法國傳教士譚衛道（Armand David）發現了大熊貓。當時命名為「黑白熊」。譚衛道原想將此熊運回法國，惜大熊貓在成都已

13　趙振鐸：〈郭璞《爾雅注》簡論〉，載《語文研究》第 1 期（1985 年），頁 14。

死於舟車勞頓，譚衛道遂將其毛皮製成標本，並運送至法國國家博物館展覽。經鑑定後，確定為歐洲自然歷史博物學中從未記載的新物種，遂命名為Ailuropoda Melanoleuca（貓熊）。可見「貓熊」本為外來詞，臺灣至今仍以為此稱之，臺北市立動物園大熊貓居住的地方，便稱之為「大貓熊園」。稱作「熊貓」，有說是因在民國時期展出動物標本之時，有人將從右向左書寫的「貓熊」二字反方向讀所致。當時，大會採用流行的國際標準由左到右書寫，分別註明了拉丁文和中文，中文的寫法是「貓熊」，但中國人的寫字順序還是習慣由右到左，故遂唸為「熊貓」。動物學家夏元瑜有另一種看法，在他的作品《生花筆》裡，指出貓熊不幸在幾十年前報上初次發表新聞的時候，偶然被排顛倒了，成為熊貓。究竟哪一種才是正確呢？文獻不足徵，只得闕如。

「貓熊」何以變成「熊貓」，尚待查證，但其侵占了原本的貓熊，卻是鐵一般的事實。一八二一年英國生物學家托馬斯‧哈德威克（Thomas Hardwicke）第一次發現小貓熊，報告的名稱是《描述一類哺乳動物新種族——位於尼泊爾和雪山之間的喜馬拉雅山巒處》（*Description of a new Genus of the Class Mammalia, from the Himalaya Chain of Hills Between Nepaul and the Snowy Mountains*）。當時提出小熊貓的名稱是Wha，取其象聲之意。一八二五年，法國動物學家弗列德利克‧居維葉（Frédéric Cuvier）在《哺乳動物自然歷史》（*Histoire Naturelle des Mammifères*）首次使用了學名

「Ailurus fulgens」和俗名「panda」以命名小熊貓。尼泊爾語Poonya是對小熊貓的稱呼，後來英語口語化成了Panda、Cat-bear或是Bear-cat，一九〇一年首次被移用來指與之相似、同樣有條紋狀毛皮的大熊貓。結果，大熊貓借用了Panda，小熊貓便順理成章地命之為lesser panda，久借不歸，今天已習以為常了。

　　承前所言，大熊貓現在是「易危」動物，大熊貓的生存受到什麼的威脅呢？人為的因素自是不在話下。人類的捕獵，致使大熊貓數量減少。此外，過度砍伐森林、墾荒耕種等，嚴重侵占了大熊貓的棲息地。很多人認為，要不是政府花費大量資源加以保育的話，大熊貓早就絕種了。何出此言呢？成年大熊貓的發情期很短，尤其人工飼養後發情更為不易，一年裡雌性大熊貓的發情期只有幾天。香港海洋公園的大熊貓盈盈、樂樂自二〇一一年起連續多年嘗試交配生產，可是都以失敗告終，在新聞報導裡也出現不少假懷孕的消息。而且，即使懷孕生產，熊貓幼崽太弱，容易夭折，都構成了大熊貓的數量稀少。不能不提的是，大熊貓雖然是雜食性動物，具備吃肉的條件，可是他們卻幾乎吃素，以竹子、紅蘿蔔、窩窩頭等作為其主要糧食。食性專一化限制了大熊貓的生活範圍。「物競天擇，適者生存」，這是嚴復《天演論》的譯文；原文來自達爾文（Charles Darwin），其言"It is not the strongest of the species that survive, but the one most responsive to change."顯而易見，大熊貓根本適應不了世情的變化，滅亡絕種本來是毫無疑

問的。應然和必然本來就沒有絕對的關係，如果人類可以將大自然環境加以改造，變回適合大熊貓生存的狀態，或許正好代表了人類保護大自然的終極勝利！

| 女兒筆下在吃竹子的大熊貓

是貓還是狗

　　形聲字占了漢字的百分之九十以上，它的構件包括了意符和聲符。「貓」字，「豸」是它的意符，「苗」是它的聲符。「貓」字的簡化字是「猫」。同一樣的動物，意符卻變成了「犭」。

豸（甲骨文）

犭（犬）（甲骨文）

　　我們先看兩個意符偏旁（「豸」和「犭」）在《說文解字》裡的意思。《說文・豸部》：「豸，獸長脊行豸豸然，欲有所司殺形。凡豸之屬皆從豸。」今天看來，從「豸」的字應該都是同一類的動物，「豸」字甲骨文作「」，以獸直式側視之形表現，上像張口露齒，一豎像身、尾，左像兩腳，正像長脊獸的樣子。金文「」，上像有鬚之頭、眼，一豎像身、尾，右像兩腳。戰國文字之「」，上像口露齒，一豎像身、尾，左像四腳。篆文「」最似戰國文字之「」，顯然承自其形。隸書、楷書沿之作豸，幾無變易。以上諸形，都據具體的實象造字。

在六書中屬於象形。又，徐中舒《甲骨文字典》卷九云：

> 豸，象猛獸張口之形，與《說文》篆文略同。《說文》：「豸，
> 獸長脊行豸豸然，欲有所司殺形。」段注：「〈釋蟲〉曰：
> 『有足謂之蟲，無足謂之豸。』按凡無足之蟲體多長，如蛇
> 蚓之類，正長脊義之引伸也。」今按甲骨文豸字為有足之猛
> 獸形，而有足之猛獸如豹、貔、豺等字皆從之，是知《爾
> 雅・釋蟲》及段注所說皆非其本義。

徐氏力陳《爾雅》和《說文》段玉裁注之不是，其言有理，徐
說是也。另一方面，《爾雅》編者、清人段玉裁都不知甲骨文，
故有此誤，實乃時代使然，無可厚非。

「犭」偏旁的情況則相對簡單。《說文》無「犭」，只有「犬」
字。《說文・犬部》云：「犬，狗之有縣蹄者也。象形。孔子曰：
『視犬之字如畫狗也。』凡犬之屬皆从犬。」《說文》指出犬是
懸蹄騰撲的狗，此乃象形字，並援引孔子所言，謂看見「犬」
字，就像是在畫狗。甲骨文「𤝔」像其側面直立之形，上像
頭，右像軀，中像腹，左像二腳，下像尾，正像犬形，據具體
的實象造字。

如果我們說「豸」的代表是貓，「犭」的代表是「狗」，相
信不會有人反對。貓和狗是兩種截然不同的動物。可是，隸屬
貓科動物的貓，字從「豸」旁自是正常不過，但簡化字「猫」
卻隸屬「犬科」，變成了「猫」。當然，以為「猫」純粹是「貓」

的簡化，不過是一廂情願罷了。「貓」和「猫」是異體字的關係。一九五五年，中華人民共和國文化部和中國文字改革委員會發佈了規範字選字表，名為《第一批異體字整理表》（簡稱《一異表》）。原來有八一〇組，淘汰異體字一〇五五個，於一九五六年二月一日開始實施。「貓」和「猫」即在其中，而二者之間，「猫」字較為簡單，因而選為規範字。實際上，這種選擇也是證據充足，「猫」字絕非後人莽造，而是其來有自。舉例而言，《玉篇・豸部》有「貓」字，〈犬部〉有「猫」字；《廣韻・平聲・宵韻》有「猫」字。可見古代字書已有從「犭」者，甚至歸乎「犬部」。準此，簡化字取筆劃較為簡單之異體「猫」為規範字，其選擇實有證據支持。如果我們說漢字主要由形聲字組成，而聲旁的影響勢力龐大，意旁所從未必是漢字傳世讀音的關鍵。

　　可「豸」可「犭」的字也不單是「貓」和「猫」。今天，香港特區政府教育局課程發展處中國語文教育組有《香港小學學習字詞表》，「編訂本字詞表，是我們探究字詞學習另一階段的開始，期望能為香港小學語文教師、家長，以至文化教育工作者，在規範和應用的大前提下，訂出配合香港語言新近發展的學習範圍，作為參考」。可見此書所錄字詞帶有規範漢字的成分。自秦始皇統一六國，命李斯罷棄六國文字與秦不合者始，漢字發展總離不開正與俗、規範與否的問題。唐代是中國傳統經學統一的年代，由此而生的「正字學」正是文字規範發展的里程碑，其中顏氏一族所占地位更是至為重要。自隋代顏之推

《顏氏家訓》討論文字正俗對錯開始，其次子顏愍楚撰有《證俗音略》，之推長孫顏師古（之推長子思魯之子）校定五經文字，成五經定本，並有《字樣》之作。顏師古侄孫顏元孫撰有《干祿字書》，可謂顏氏正字學之集大成者。《干祿字書》之序言已說明「俗」、「通」、「正」三體的定義和使用範圍，其中「所謂俗者，例皆淺近，唯籍帳、文案、券契、藥方，非涉雅言，用亦無爽。儻能改革，善不可加」，指出俗字大多寫法較簡，屬後起字，在民間傳習已久。至於「通者，相承久遠，可以施表奏、牋啟、尺牘、判狀，固免詆訶」，可知通字沿用已久，常見於公文。通字與俗字之別在於前者「遠」後者「近」，使用時間長短有別。及至「正者，並有憑據，可以施著述、文章、對策、碑碣，將為允當」，大抵正字來歷垂之久遠，或見於《說文》，或見於經籍，在雅言場合使用。這種「俗」、「通」、「正」的關係，在「豸」或「犭」偏旁亦有所反映：

《干祿字書・平聲》「狸貍」，「竝上通下正」。
《干祿字書・平聲》「犲豺」，「竝上通下正」。
《干祿字書・入聲》「貊狛」，「上通下正」。
《干祿字書・入聲》「狢貉」，「竝上通下正」。

以上諸例，「貍」、「豺」、「狛」、「貉」是正字，「狸」、「犲」、「貊」、「狢」是通字。這裡的字，每組的意思都相同，或從「豸」或從「犭」。貍是善伏之獸，狸與貍同，亦即貉子，今屬

貓圖

是貓還是狗

犬科。因此，作「狸」較為符合現代生物分類。至於「豺」與「犲」，別名「豺狗」，亦屬犬科，故从「犭」者較為符合現代生物分類。誠如前文所論，由意符與聲符組成的形聲字，占據了漢字的絕大部分。偏旁或「豸」或「犭」，一方面代表了古人對動物認知的不足，另一方面在形聲字裡聲旁是最為重要的關鍵。清人王念孫云：「字之聲同聲近者，經傳往往假借。學者以聲求義，破其假借之字而讀以本字，則渙然冰釋；如其假借之字而強為之解，則詰籟為病矣。」（王引之《經義述聞・自序》引王念孫語）王念孫主張「因聲求義」，倘字之聲音相近，意義即可相通。據此原則，意符或「豸」或「犭」亦可，因形聲字以聲符為重。

前文提及「豸」偏旁，誠如徐中舒所言，《爾雅》與《說文解字》於「豸」字之解釋相異，此亦涉及生物分類之問題。《爾雅・釋蟲》謂「有足謂之蟲，無足謂之豸」，《說文》則以「豸」為「獸長脊行豸豸然」。據此，我們口中的貓科類動物，《說文》以為獸類，《爾雅》以之為蟲，大抵《說文》較是，《爾雅》則非，但《爾雅》何以會有如此之想法，卻是發人深思。古人的動物世界觀頗為特別，《大戴禮記・曾子天圓》有以下的記述：

毛蟲之精者曰麟，羽蟲之精者曰鳳，介蟲之精者曰龜，鱗蟲之精者曰龍，倮蟲之精者曰聖人。

這裡將所有的動物都叫作蟲，蟲變成了動物的泛指，獸類為毛

《水滸傳》第二十二回「橫海郡柴進留賓、景陽岡武松打虎」
（明末建陽黎光堂劉欽恩刊本《新刻全像忠義水滸誌傳》）

蟲，禽類為羽蟲，龜貝為介蟲，魚蛇為鱗蟲，人為倮蟲。以蟲
來劃分動物當然不正確，但當《爾雅》說「豸」是無足之蟲，
貓科動物之首的老虎，我們也稱之為「大蟲」，無疑為「豸」為
蟲的美麗誤會添上了莫名的說服力。

　　老虎是現存體形第一大的貓科動物，在現代生物分類裡屬
於食肉目貓科豹屬的動物。按照先賢的造字原則，應該歸為
「豸」部。如案上引《大戴禮記》的原則，老虎或可稱「大蟲」。
又晉人干寶《搜神記》卷二云：

　　扶南王范尋養虎於山，有犯罪者，投與虎，不噬，乃宥

之。故山名大蟲，亦名大靈。又養鱷魚十頭，若犯罪者，
投與鱷魚，不噬，乃赦之。無罪者皆不噬。故有鱷魚池。
又嘗煮水令沸，以金指環投湯中，然後以手探湯。其直
者，手不爛；有罪者，入湯即焦。

這是老虎被稱為「大蟲」最早的記載。但為什麼老虎可以稱為
大蟲呢，這裡並沒有解釋。其實，按照今天的生物分類，老虎
也應該歸為「豸」部。既然「豸」是無足之蟲，而《說文》又
指出虎是「山獸之君」，則老虎別稱「大蟲」亦是自然不過。
又，老虎別稱大蟲，可能亦涉乎古代避諱之事。文獻用字倘與
帝王名諱相同則當避改。舉例而言，唐高祖李淵，據陳垣《史
諱舉例》所載，「淵改為泉，或為深」。在唐代文獻，或者嘗經
歷唐代鈔本的文獻中，李淵的「淵」字皆當避改，或為「泉」，
或為「深」。如漢人賈誼〈鵩鳥賦〉，《史記》、《漢書》本傳，
以及《文選》俱有載錄，將三書排比對讀如下：

　　《史記》　　澹乎若深淵之靜
　　《漢書》　　澹虖若深淵之靚
　　《文選》　　澹乎若深泉之靜

顯而易見，在唐人鈔寫的《文選》之中，「淵」字避改為「泉」，
便是避唐高祖李淵名諱之證。至於老虎改稱大蟲，很可能緣起
於後趙太祖石虎的名諱。東晉陸翽《鄴中記》云：「銅爵、金

鳳、冰井、三臺，皆在鄴都北城西北隅，因城為基址。建安十五年，銅爵臺成，曹操將諸子登樓，使各為賦，陳思王植援筆立就。金鳳臺初名金虎，至石氏改今名。」此處明言「金鳳臺」本名「金虎臺」，因石虎名諱而改。既然干寶《搜神記》時老虎已有大蟲的別名，則後趙之時改以別名稱虎，亦屬有理。又，李淵的祖父李虎，在李淵建國以後，獲追封為太祖景皇帝。《史諱舉例》謂「虎改為獸，為武，為豹，或為彪」。在唐代傳鈔的典籍裡，如果是遇上老虎，或改稱為龍、熊、豹、豾皆有之；或只稱為「獸」。老虎或以「大蟲」之名稱之，亦可能起於此。歷來有關避諱的典籍對此未有討論，可備一說。

再回到「貓」和「猫」的討論裡。「貓」和「猫」是異體字，雖然所從偏旁不同，但在形聲法則裡，關鍵實在聲旁。「貓」固然不是狗，從「犭」或許反映了古人對生物分類認識的不足。惟作「猫」字便於書寫，也反映了漢字發展從繁到簡的趨勢。作為生物分類，「貓」不僅不是「犭」，更加是「域，界，門，綱，目，科，屬，種」八個層次裡的「貓科」用字。人們心目中的食肉猛獸，虎、豹、獅等，其中虎為叢林之王，豹的奔跑速度最快，獅是萬獸之王，其實皆在「貓科」之下，統屬於「貓」字。貓雖小，可謂光榮至極矣。

問世間情是何物

金代詞人元好問有名作傳世，其中《摸魚兒・雁丘詞》有云：

恨人間，情是何物，直教生死相許。天南地北雙飛客，老翅幾回寒暑。歡樂趣，離別苦，是中更有癡兒女。君應有語，渺萬里層雲，千山暮景，隻影為誰去。

橫汾路，寂寞當年簫鼓，荒煙依舊平楚。招魂楚些何嗟及，山鬼自啼風雨。天也妬，未信與，鶯兒燕子俱黃土。千秋萬古，為留待騷人，狂歌痛飲，來訪雁丘處。

詞有小序，題云：「乙丑歲，赴試并州，道逢捕雁者云：『今旦獲一雁，殺之矣。其脫網者悲鳴不能去，竟自投於地而死。』予因買得之，葬之汾水之上，累石為識，號曰雁丘。時同行者多為賦詩，予亦有《雁丘詞》，舊所作無宮商，今改定之。」乙丑歲是金章宗泰和五年（1205），即宋寧宗開禧元年，此言元好問赴并州應試，途中遇上捕捉雁鳥的獵人，其人當時捕得二雁，殺其一，而另一隻雁脫網後竟不離去，反而投地自殺而死。元好問因其悲壯，故買之而葬在汾水之上，並在所埋之處

置石以為標識，號曰「雁丘」。當時赴考而得見此事者眾，各人皆為之賦詩，而元好問因有《雁丘詞》之作。

上闋詞人問人世間愛情究竟是什麼，何以二雁會以生死相待？南飛北歸之路，比翼雙飛，多少寒暑，依舊相愛。比翼雙飛乃是快樂，而離別便是痛苦難受。此時此刻，詞人以為雙雁竟比人間更為癡情！明代湯顯祖《牡丹亭‧題詞》云：「情之所至，生可以死，死可以復生，生不可以死，死不可以生者，皆

| 「舒鴈，鵝」（《爾雅圖》）

非情之至也。」說的就是這個意思。伴侶驟逝，雁兒應知，此去萬里，形孤影單，前路漫漫，每年飛越萬山，晨風暮雪，現在形單影隻，苟且而沒有意義。

下闕詞指出汾水乃漢武帝巡幸遊樂之處，昔日巡狩，簫鼓喧天，棹歌四起，何等熱鬧，而今卻是冷煙衰草，蕭條冷落。武帝已死，招魂無用。女山神因之枉自悲啼，而死者卻不會再來！雙雁生死相許，上天嫉妒，殉情的大雁並不等同一般的鶯兒燕子，死後化為塵土，大雁將會與世長存。後世的人，將會尋訪雁兒之丘墳故地，在此狂歌縱酒，以祭奠這對愛侶。

這對雁兒的淒美愛情故事，後來更得到了金庸《神鵰俠侶》的加持，在第三十二回〈情是何物〉楊過與小龍女的對話中，楊過說出了「問世情，情是何物」之語。自上世紀七十年代以來，《神鵰俠侶》最少九次拍成電視劇，還有電影、動畫、漫畫、粵劇、舞臺劇、廣播劇、電腦遊戲等，雁的情深早已深入民心。

讓我們來看看字書裡關於「雁」的記載。《爾雅・釋鳥》：「舒鴈，鵝。」「鳧鴈醜，其足蹼，其踵企。」這裡指出「舒雁」乃鵝的別名，又以為鳧雁一類的鳥，足上有蹼，飛行時腳跟伸直。「雁」、「鴈」二字聲義相通，原來情深款款的雁，不過是我們常見的鵝。再看《說文解字》怎麼說。《說文解字・佳部》：「雁，鳥也。从佳从人，厂聲。讀若鴈。」又《鳥部》云：「鴈，䳊也。从鳥、人，厂聲。」據此知「雁」可讀若「鴈」，而「鴈」即「鵝」也。我們經常會吃燒鵝，想起如果把情深的鵝吃了的

話，實在是誠惶誠恐，罪該萬死。

《莊子‧山木》有一段文字更引人入勝，其曰：

> 莊子行於山中，見大木，枝葉盛茂，伐木者止其旁而不取
> 也。問其故。曰：「无所可用。」莊子曰：「此木以不材得
> 終其天年。」夫子出於山，舍於故人之家。故人喜，命豎子
> 殺雁而烹之。豎子請曰：「其一能鳴，其一不能鳴，請奚
> 殺？」主人曰：「殺不能鳴者。」

莊子與學生遊山，遙見一棵大樹，枝葉茂盛，卻看見一群砍匠
在大樹下夜宿而不伐木。莊子問砍匠何以不伐此大樹，砍匠以
為大樹沒用處，故不砍伐。莊子以為此樹因為沒有用處，反不
遭砍伐，可以活滿天年。莊子下山，在友人家中投宿。友人非
常高興，因而吩咐童僕殺雁待客。童僕問友人，指出二雁其一
愛叫，另一不愛叫，不知當殺哪一隻。友人以為愛叫的有用
處，夜晚可以防賊，殺那隻不愛叫的。這個故事旨在說明無用
之用的道理，此不贅述。其中提及「雁」，本無足奇，王先謙
《莊子集解》直接注明：「雁即鵝。」此可見豎子所殺者，與元
好問深情題詠的並無二致。上引《爾雅‧釋鳥》之文，邢昺疏：
「鵝，一名舒鴈。今江東呼鴰。某氏云：『在野，舒翼飛遠者為
鵝。』李巡曰：『野曰鴈，家曰鵝。』」據邢疏所引，可知所謂
「舒鴈」者，乃是「舒翼飛遠」之意。此外，「鴈」與「鵝」本
無分別，只是野生的稱為「鴈」，豢養的則是「鵝」。李巡所言

尤其值得細看。郝懿行《爾雅義疏》因曰：「蓋鴈即鵝矣。鵝有蒼、白二色，蒼者全與鴈同。」指出「鴈」與「鵝」本同；且「鵝」有蒼色與白色兩種，其中蒼色的與鴈完全相同。蒼色原指草色，即青色、綠色之意；後來引申為青黑色、灰白色。

清人段玉裁《說文解字注》的解釋也很清楚，可以參考。《說文解字注·鳥部》「鴈」字條下注云：「『鴈』與『雁』各字，『䳏』與『鴚』、『䳗』各物。許意佳部『雁』為鴻雁，鳥部『鴈』為䳏。『鴚』、『䳗』為野䳏，單呼䳏、為人家所畜之䳏。今字『雁』、『鴈』不分久矣。《禮經》單言鴈者皆鴻雁也，言舒鴈者則䳏也。《爾雅》『舒鴈，鵝』是也。李巡云：『野曰鴈，家曰鵝。』」鵝謂之舒鴈

宋人畫雪蘆雙雁　軸
（臺北故宮博物院藏）

者，家養馴不畏人，飛行舒遲也。是則當作『舒雁』，謂雁之舒者也。雁在野，鷖為家雁也。」這段材料頗為豐富。段氏指出「鴈」與「雁」本為二字，意義不同，《說文·隹部》的「雁」是野生的鴻雁，而〈鳥部〉的「鴈」是人所畜養的鵝；如今二字不分，音義相同。又，段氏解釋「舒鴈」（鵝）的「舒」字，以為「舒鴈」因已被馴養，並不怕人，且「飛行舒遲」，並不急速，故有此名。據此而「雁」和「鵝」可以區分，段說是也。

鴈與鵝的密切關係，可以在今天的生物分類法裡得到印證。在鳥綱雁形目鴨科雁屬以下有十一種，其中灰雁、鴻雁最為重要。我們所說的歐洲鵝乃由灰雁馴化而來，而中國鵝則由鴻雁馴化而來。雁屬動物與人類關係密切，這一屬的鳥被人類馴化的較多，在中國人的世界裡，被馴化的雁則稱之為「鵝」。在野外展翅翱翔的則稱之為「雁」，文人賦詩，更愛自由自在的雁。

由雁而至鵝，彷彿許多詩情畫意都蕩然無存，只餘下對吃的追求。其實不然。在古代文學作品裡，鵝亦有其重要的一頁，不讓雁兒專美。在唐詩裡，大家必然讀過駱賓王在七歲時候所作的〈詠鵝〉：

鵝鵝鵝，曲項向天歌。
白毛浮綠水，紅掌撥清波。

描繪在水裡暢泳的鵝兒，純樸自然，全去雕飾，充滿童趣。這

裡說的是大白鵝，從其「白毛」已可知。這未必是前文所說源出鴻雁的鵝，而是屬於雁形目鴨科雁亞科天鵝屬的天鵝。天鵝是雁形目鴨科雁亞科中最大的水禽，有七、八種。其中五種生活於北半球，均為白色，腳黑色。鵝被認為是人類馴化的第一種家禽，它來自於野生的鴻雁或灰雁。因此，天鵝是一種鴨，而鵝則是鵝，二者有所不同。

還有一個跟鵝有關的故事，見於《晉書・王羲之傳》。

> 性愛鵝，會稽有孤居姥養一鵝，善鳴，求市未能得，遂攜親友命駕就觀。姥聞羲之將至，烹以待之，羲之歎惜彌日。又山陰有一道士，養好鵝，羲之往觀焉，意甚悅，固求市之。道士云：「為寫《道德經》，當舉羣相贈耳。」羲之欣然寫畢，籠鵝而歸，甚以為樂。其任率如此。

這裡提及王羲之生性喜愛鵝，會稽有一老婦養了一隻鵝，鳴叫之聲甚美，王羲之欲購之而未得，只能引領親友動身往觀之。老婦得知王羲之將臨，遂殺掉該鵝並烹調以招待王羲之，王羲之為此而嘆息一天。有一次，山陰道士養了些好鵝，王羲之前往觀之，非常高興，欲購之。道士以為只要王羲之能替其抄寫《道德經》，即可將鵝群饋贈。王羲之聽了很高興，便按道士要求抄寫了《道德經》，並以此換得一籠子的鵝回來，洋洋自得。王羲之的任性率真如此。史書多記大人物的小事情，藉此以預示其人日後的行為，王羲之的「任率」，可以透過愛鵝之事得知

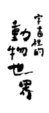

一二。

雁是否有情，無人得知；人間自是有情，物在我的眼中，是雁是鵝，一切皆出我情！

不是魚也不是豬的海豚

海豚是一種很聰明、生活在海上的哺乳類動物。「海豚」的「海」字代表了牠們棲息之處;「豚」是豬,豚肉拉麵便是豬肉拉麵,那麼,「海豚」不就變成了海洋裡的豬嗎?

甲骨文「豕」字

「豕」是象形字,字形像是我們今天所習見的豬。《爾雅‧釋獸》云:「豕子,豬。」《爾雅》這裡「豕子」即是「豬」,但當中可能有些文字上的訛誤。清人王念孫以為「子」字是衍文,原應作「豕,豬」,是豕即豬也。郭璞注:「今亦曰彘,江東呼為豨,皆通名。」郭注指出「豕」與「彘」相通,皆謂豬。《說文解字‧豕部》:「豕,彘也。竭其尾,故謂之豕。象毛足而後有尾。讀與豨同。」謂「豕」是小豬。尾巴極短,所以稱它為「豕」。字形像有毛足和後尾。唐人顏師古直接指出「彘即豕」。《說文解字》亦指出「豕」與「彘」二字相通。

除了「豕」以外,豚也是豬。《說文解字‧豚部》:「豚,小

｜「彘」（《三才圖會》）

豕也。从彖省，象形。从又持肉，以給祠祀。」意指豚是小豬。
字形採用省略了「口」的「彖」作偏旁，是象形字。採用「又」
作偏旁，像一手持肉，以便祭祀。許慎沒有看過甲骨文，今就
甲骨字形觀之，便知《說文》所言未必正確。《方言》卷八云：
「豬，北燕朝鮮之間謂之豭，關東西或謂之彘，或謂之豕。南楚
謂之豨。其子或謂之豚，或謂之貕，吳揚之間謂之豬子。」此言
豬之子或稱之為豚，可見「豚」是小豬。《論語‧陽貨》有云：

　　陽貨欲見孔子，孔子不見，歸孔子豚。孔子時其亡也，而
　　往拜之。遇諸塗。謂孔子曰：「來！予與爾言。」曰：「懷

其寶而迷其邦，可謂仁乎？」曰：「不可。——好從事而亟失時，可謂知乎？」曰：「不可。——日月逝矣，歲不我與。」孔子曰：「諾；吾將仕矣。」（17.1）

陽貨是季氏家臣，時執國命，欲見孔子，惟孔子不願。陽貨於是送孔子一隻小豬，迫使孔子前往見面答謝。孔子不願見陽貨，故意在得悉陽貨不在家時才前往拜謝。不幸，二人在路上相遇，陽貨遂告訴孔子應當出仕。最後，孔子在唯唯否否的情況下說自己即將投入仕途。在故事裡，陽貨欲與孔子見面，送上的正是豚。宋人邢昺《論語注疏》亦指出豚是「豕之小者」。

豕即豬，豚為小豬，當無可疑。今天，我們到日本餐廳吃飯，餐牌上會有「豚肉飯」、「豚肉生薑燒」等，毫無疑問，「豚肉」便是豬肉。在日文裡豢養的豬叫作豚（ぶた），而豬（いのしし）在日文裡是野豬的意思。在日本人的十二生肖裡，豬也是用上代表野豬的いのしし。然則，可愛的海豚又何以跟豬扯上關係呢？晉人郭璞〈江賦〉「魚則江豚海狶」句，唐代李善注引用了幾則文獻，具載如下：

《南越志》曰：「江豚似豬。」《臨海水土記》曰：「海狶，豕頭，身長九尺。」郭璞《山海經注》曰：「今海中有海狶，體如魚，頭似豬。」

據上引《方言》、《爾雅》郭璞注，可知〈江賦〉「狶」（即「豨」）

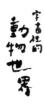

便是豬，故「海狶」便是海豚。在今天的生物分類裡，江豚、海豚都在獸綱鯨目，前者屬海豚科，後者屬鼠海豚科。（參《中國古代動物名稱考》）魚不是哺乳類動物，然而郭璞以為「江豚海狶」都是魚，這是古人對生物分類認識的不足。《臨海水土記》謂海狶頭如豬，身長九尺。《山海經·北山經》郭注：「今海中有虎鹿魚及海狶，體皆如魚而頭似虎、鹿、豬，此其類也。」據此，海狶是魚身而豬頭，這大概是古人對海豚形象的具體認識。又因其身像魚，古人遂以之為魚類。

回到「豬」與「海豚」的問題之上。在漢語中，「豚」、「豕」皆指「豬」，「海豚」意即「海豬」之意，上文已明。「海豚」見載明代李時珍《本草綱目》卷四十四「海豚魚」條：

| 清代聶璜《海錯圖》裡的海豚

其狀大如數百觔豬，形色青黑如鮎魚，有兩乳，有雌雄，類人。數枚同行，一浮一沒，謂之拜風。其骨硬，其肉肥，不中食。其膏最多，和石灰艌船良。

| 江豚圖（《古今圖書集成》）

不是魚也不是豬的海豚

李時珍之敍述可見海豚作為哺乳類動物的資訊。一是「有兩乳」，二是「數枚同行」，三是「一浮一沒」。海豚是哺乳類動物，但其乳腺並不明顯，其哺乳過程在水底下進行，人類極難察覺。這裡指出了其「類人」，大抵已看出海豚與人類同為哺乳類動物的特點。至於「數枚同行」，海豚是群居動物，一群海豚的數量一般可達十幾頭。李時珍所謂「一浮一沒」，海豚身上有氣孔作呼吸之用，呼出動作在水下進行，浮水後進行呼進動作，再次潛水時鼻孔緊閉，以避免海水滲入肺部。這樣的出入水中，便是「一浮一沒」了。

在現今中國各地的方言裡，臺語、閩南語稱海豚為「海豬」（hái-ti）或「海豬仔」，便是古語之遺。在香港水域可見的鯨豚並不多，其中最為大家熟悉的是中華白海豚。中華白海豚分佈於印度洋和太平洋的沿岸水域，在香港則出沒於屯門及大嶼山對出的一帶水域。今天，中華白海豚面對填海、水質污染、大量捕捉造成生存範圍縮窄等問題，繁忙的海上交通亦容易造成船隻撞擊。海豚保育學會指出，港珠澳大橋的工程已令中華白海豚數目大減。而香港國際機場第三跑道的興建，勢必進一步將中華白海豚趕盡殺絕。基建發展、保護生態同樣重要，如何取得平衡至為關鍵；香港要保持經濟競爭力，我們的下一代也不希望中華白海豚只殘留在教科書上，在基建之餘也要考慮海洋動物的棲息環境，方是上上之策。

海豚雖然不是豬，可是牠更不是魚，很多時候，鯨豚類動物被視為「會噴水的魚類」。其實鯨豚類屬於哺乳類動物，與人

| 中華白海豚

類的親緣關係較諸魚類更為密切。[14] 或許,「海豚」被誤會為
「豬」,也比誤為魚類更貼近現代生物分類法裡的真相。

---

14 可參〔英〕馬克・卡沃爾廷（Mark Carwardine）:《鯨與海豚》（北京市:中國友
誼出版公司,2005 年）,頁 11。

橫江湖之鱣鯨

賈誼〈弔屈原賦〉云：「彼尋常之汙瀆兮，豈能容夫吞舟之巨魚？橫江湖之鱣鯨兮，固將制於螻蟻。」賈誼哀悼屈原，舉世混濁，唯有屈原獨清，因而見放。世之不容屈原，就好像狹小汙濁的小水坑，不能容下吞舟之大魚。屈原又像橫絕江湖的大鯨魚，身體極大極長，可還是受制於螻蟻般的小人。屈原自沉汨羅，慘絕人寰；賈誼之悼屈子，感同身受。這裡還有一種與螻蟻形成強烈對比的動物，那便是鱣鯨了。鱣鯨是大的鯨。鯨魚已經很大，賈誼還要用大的鯨魚以喻屈原，然則君子之大與小人之小實在是明顯不過了。

鯨魚不是魚，从魚的字不見得都是現代生物分類法裡的魚類。

藍鯨是世界上已知最重的動物。牠們的平均重量是一百五十噸，最大重量是二百噸，平均總長度是二十五點五公尺。今天，我們知道鯨豚類屬哺乳類動物，與人類的親緣關係比魚類更加密切：鯨豚類是恆溫動物，必須呼吸空氣，鯨、海豚與鼠海豚都是胎生的。古人以為「鯨」是魚，故字从「魚」旁。《爾雅》沒有「鯨」字；《說文解字》也沒有「鯨」字，但有「鱣」字：

《說文解字・魚部》:「鱷,海大魚也。从魚畺聲。《春秋傳》
曰:『取其鱷鯢。』鱷或从京。」

段玉裁注:「海大魚也。此海中魚取大者,字亦作鯨。〈羽獵賦〉
作京。京,大也。从魚,畺聲。渠京切。古音在十部。〈春秋傳〉
曰:『取其鱷鯢。』宣公十二年《左氏傳》文。劉淵林注〈吳都
賦〉、裴淵〈廣州記〉皆云:『雄曰鯨,雌曰鯢。』是此鯢非剌魚
也。」

鯨魚是現存世上最巨型的哺乳類動物,在二千年前的東漢時代
亦然。《說文解字》作「鱷」,許慎已指出「鱷或从京」,如果偏
旁从京,那便是「鯨」字了。「鱷」、「鯨」二字可通。清人段玉
裁再次指出「鱷」字亦作「鯨」,釋義是「海中魚取大者」。段
注尚引用了不少典籍,劉逵注左思〈吳都賦〉,以及裴淵〈廣州
記〉俱有「雄曰鯨,雌曰鯢」的注解。翻查《文選・吳都賦》「於
是乎長鯨吞航,修鯢吐浪」句,劉逵注引《異物志》云:「鯨
魚,長者數十里,小者數十丈,雄曰鯨,雌曰鯢,或死於沙
上,得之者皆無目,俗言其目化為明月珠。」鯨能吞舟,自然不
在話下。這裡說鯨大的長數十里,短的也長數十丈。而且,雄
性的才叫作鯨,雌性的名為鯢。段玉裁更特意指出鯢並非剌
魚,大抵此為一般人的誤解,故段氏加以澄清。大海予人神秘
之感,古人對於鯨魚的描述亦充滿不可知。魚之大者,古書中
習見以「吞舟之魚」描刻之,如下:

《莊子・雜篇・庚桑楚》：「吞舟之魚，碭而失水。」

《呂氏春秋・審分覽・慎勢》：「吞舟之魚，陸處則不勝螻蟻。」

《列子・楊朱》：「吞舟之魚，不游枝流；鴻鵠高飛，不集汙池。」

賈誼〈弔屈原賦〉：「彼尋常之汙瀆兮，豈能容夫吞舟之巨魚？橫江湖之鱣鯨兮，固將制於螻蟻。」

《史記・酷吏列傳序》：「網漏於吞舟之魚，而吏治烝烝，不至於姦，黎民艾安。」

在以上的用例裡，能吞下船隻的巨魚在在可見。不過，鯨魚是否即為此「吞舟之魚」，此等文獻裡沒有明言。顧野王《玉篇・魚部》云：「鯨，魚之王。」我們今天知道，鯨魚不是魚，所以肯定不會是魚之王；最大的魚其實是鯨鯊。鯨鯊可以長達二十米，雖為魚，名有「鯨」字，實取其大之意；質言之，鯨鯊即大鯊魚也。古人未知，以為鯨是魚之王者，但取生活於水裡最大之動物也。《漢書・揚雄傳上》引揚雄〈校獵賦〉「騎京魚」句，唐人顏師古注：「京，大也，或讀為鯨。鯨，大魚也。」指出「京魚」即是鯨魚，且為大魚。《後漢書・班固列傳》「於是發鯨魚」句，李賢注引薛綜云：「海中有大魚名鯨。」可知各人皆以鯨為魚類。

　　崔豹，晉代人，晉惠帝時官至太傅。其《古今注・魚蟲》云：

| 鯨（《三才圖會》），此圖顯然取意自「吞舟之魚」

鯨魚者，海魚也。大者長千里，小者數十丈。一生數萬子，常以五六月就岸邊生子。至七八月，導從其子還大海中，鼓浪成雷，噴沫成雨，水族驚畏，皆逃匿莫敢當者。其雌曰鯢，大者亦長千里，眼為明月珠。

一里等於五百米，一丈等於三點三三米，這裡說鯨魚「大者長千里，小者數丈」，比起我們今天所能見到藍鯨也大了不知多少倍，自然是不可信。如果崔豹說的真是鯨魚的話，那麼「一生數萬子」肯定是錯的。鯨魚乃哺乳類動物，一般而言，一胎一子，跟人類無異，且懷孕期長達十二個月。「數萬子」無論是什麼魚也難以做到的，不過，魚類（卵生）相較哺乳類（胎生）確能生產更多，以鯨鯊為例，有臺灣臺東地區的漁民在一九九六年七月捕獲一條雌性鯨鯊，隨後在體內發現了三百條幼鯊及卵殼。三百條相信也是蠻多的了，不過跟「一生數萬子」還是有一定的距離。至於「五六月就岸邊生子」，則似屬可信。舉例而言，每年的十一月中旬到翌年五月中旬，座頭鯨便會離開原本居住的阿拉斯加海域游到比較溫暖的水域，進行繁殖、生育、餵奶育崽。臺灣宜蘭、花蓮的最佳賞鯨季節，也是每年的四月至十月。海水溫度也隨深度增加而降低，五百公尺深的海水溫度約為 8℃，一千公尺深約為 2.8℃。又如抹香鯨，其繁殖地一般在南、北緯 40℃ 之間的熱帶與亞熱帶海域，雖然有部分交配行為在冬季中至夏季中發生，但大多數在春季。因此，鯨魚在五、六月時游到近岸水域產子，是合乎常理的。而且，鯨

魚是哺乳類動物，育兒是正常的行為。《古今注》說鯨魚「導從其子還大海中」，便是其照顧初生幼鯨的證據。「鼓浪成雷，噴沫成雨，水族驚畏，皆逃匿莫敢當者」，則是鯨魚成群出沒、呼吸噴氣的特徵。當然，不同品種的鯨豚類，其噴氣形狀亦有所不同。例如露脊鯨（Right Whale）的噴氣是由兩股分開的水蒸氣柱所組成，而藍鯨（Blue Whale）、長鬚鯨（Fin Whale）的噴氣則融合成一道氣柱；大翅鯨（Humpback Whale）的噴氣則呈樹叢狀，非常清楚而獨特，高度可達二點五至三米。如從「噴沫成雨」言之，則《古今注》作者所指或即大翅鯨。鯨可分為鬚鯨和齒鯨兩大類，前者主要以磷蝦等小型甲殼類動物為食，後者主要以烏賊、魚類為食。鬚鯨體積龐大，體長至少六米；齒鯨除抹香鯨外，體積都較小。無論是哪一種，在追逐獵物的時候，總會造成「水族驚畏，皆逃匿莫敢當者」的現象。

在《古今注》裡，「鯨」是雄性，「鯢」是雌性。上文所引劉逵〈吳都賦〉注亦持此見。《爾雅・釋魚》：「鯢，大者謂之鰕。」郭璞注：「今鯢魚似鮎，四腳，前似獼猴，後似狗。聲如小兒啼，大者長八九尺。」郭注所指應是今天的「中國大鯢」（因叫聲像嬰兒啼哭，故又名「娃娃魚」），大鯢屬兩棲動物，並不屬於魚類。無論如何，與鯨魚頗有差異，不可能是雌性的鯨魚。這裡古人大概是將魚類、哺乳類、兩棲類動物都混在一起了。《左傳・宣十二年》「取其鯨鯢而封之」，杜預注：「鯨鯢，大魚名。以喻不義之人吞食小國。」賈誼〈弔屈原賦〉的鱐鯨是有德君子，《左傳》的鯨鯢卻是不義之人，鯨魚義與不義我們並不知道，都是喻體而

| 鯢魚圖（《古今圖書集成》）

已。孔穎達《正義》解釋《左傳》此文，援引裴淵《廣州記》云：「鯨鯢，長百尺。雄曰鯨，雌曰鯢。目即明月珠也，故死即不見眼睛也。」這裡所引與《古今注》相同，皆以鯨為雄性、鯢為雌性。大抵雌性的鯨可名為「鯢」，但與郭璞所言之鯢當是二物，只是二者同名為「鯢」而已。五倫之中，男女有別，古人喜歡給予雄性與雌性的動物各一名稱，例如根據《爾雅・釋獸》與《說文》所言，「豭」是雄豬，「豝」是雌豬；據《爾雅・釋鳥》，可知雄性的鶉名為「鶛」，雌性的為「庳」。

　　鯨魚還有一事與中國文化關係密切，那便是鯨魚膏了。秦始皇一直希望可以長生不老；另一方面，自即位起立刻修建陵墓，以盡生榮死哀。秦始皇希望地宮燈火可以不滅。《史記・秦始皇本紀》云：「以水銀為百川江河大海，機相灌輸，上具天文，下具地理。以人魚膏為燭，度不滅者久之。」秦始皇陵「以人魚膏為燭」，使燈火不滅。「人魚」所指是什麼呢？當然不可能是美人魚。裴駰《史記集解》引徐廣曰：「人魚似鮎，四腳。」鮎即鯰魚，徐廣以為人魚如鯰魚般，但有四腳，似乎並不可信。張守節《史記正義》引《廣志》云：「鯢魚聲如小兒啼，有四足，形如鱧，可以治牛，出伊水。」據此說，則人魚即鯢魚，即娃娃魚也。張守節復引《異物志》云：「人魚似人形，長尺餘。不堪食。皮利於鮫魚，鋸材木入。項上有小穿，氣從中出。秦始皇冢中以人魚膏為燭，即此魚也。出東海中，今台州有之。」《異物志》以「人魚」跟人、鮫魚（鯊魚）比較，而且更有氣孔，似乎並非鯰魚和鯢魚。不過，徐廣所言的有「四腳」

還是甚有啟發的。眾所周知，鯨魚在遠古時代的祖先名為「步鯨」，顧名思義，鯨魚的祖先生活在陸地，且有四足，用以在陸上行走。物競天擇，適者生存，步鯨後來離開了陸地的戰場，走進海中，四肢產生了變化，後肢慢慢萎縮，前肢變成了胸鰭，並適應了海洋的生活。《25種關鍵化石看生命的故事：化石獵人與35億年的演化奇蹟》便詳述了鯨魚從陸地到海洋之發展。

還是回到鯨魚膏的問題上。《太平御覽》卷八七〇引《三秦記》云：「始皇墓中，燃鯨魚膏為燈。」明確指出始皇墓所用照明者為「鯨魚膏」，說較可信。所謂「鯨魚膏」，所指大抵即為鯨魚脂肪。鯨魚脂肪經過煉化後，可以提煉出鯨魚油，裝進煤油燈，不僅亮度大，而且極其節省，十斤鯨魚脂肪煉化的鯨魚油，足夠四口之家，點上一年的油燈。因此，秦始皇墓用鯨魚油作為照明用的燃料，也是合情合理。在十九世紀六十年代以前，鯨魚業是美國經濟的支柱。鯨魚的皮、肉都有不少用途，但最有價值的肯定是鯨魚油，是用以點燃油燈的燃料，在電力發明以前，乃夜裡用以觀照世界的重要工具。

鯨魚膏所指還可能是另一東西，那便是抹香鯨的腦油（spermaceti）。所有抹香鯨類的顱內都有一種充滿蠟質的結構──抹香鯨腦油器，其功用眾說紛紜，而鯨腦油正是儲存於「抹香鯨腦油器」之中，一頭抹香鯨的頭部可能含有一千公升以上的鯨腦油。自人類開始捕捉抹香鯨以來，鯨腦油就被視為重要商品，最初供作蠟燭，後來主要用於製造潤滑油。不過，抹香鯨主要生活於深海，每次呼氣便可換掉體內百分之八十五的

氣;而且,牠們可以在一分鐘下潛力三百二十米,並可在二千米深的海底不要換氣二小時。因此,抹香鯨甚少在岸邊出沒,也減低了牠們被人類捕獵的機會。這又與上文所引《古今注》指出「常以五六月就岸邊生子」有所不同。

再回到「鱷」字之上。原來《説文》裡的「鱷」其實是「鯨」,並不是鱷魚;然則我們今天所説的「鱷魚」,「鱷」字在古代又如何表達呢?《説文解字·虫部》:「蜼,似蜥易,長一丈,水潛,吞人即浮,出日南。从虫屰聲。」這個「蜼」字所指的才是鱷魚。牠長得似蜥蝪,長三米多,能潛水,吃人之時才浮出水面。日南即日南郡,乃漢滅南越國後所置,即今東南亞越南之地。在宋代雕版印刷流行以前,漢字一則數量有限,二則手抄字體有欠規範,致使一字而有許多寫法。唐代正字之風漸盛,顏師古《顏氏字樣》、顏元孫《干祿字書》、張參《五經文字》、唐玄度《九經字樣》等先後主張正俗之分。就今所見,「鱷」字有以下異體字:

「蜼」《說文解字·虫部》

「蝁」《集韻·入聲·鐸韻》

「鰐」《康熙字典·魚部》

「鱓」《龍龕手鑑·魚部》

「鰼」《正字通·魚部》

以上都是「鱷」字的異體字。此等異體字,形符有從「虫」者,

| 鰐魚（《三才圖會》）

橫江湖之鱸鯨

亦有从「魚」者；聲旁主要有「屰」和「咢」之分。此等字形之中，《説文》最先出，取用「虫」旁，較諸後世正字「鱷」而言，《説文》所載更為符合鱷魚屬爬行動物（爬蟲類），而不是魚類。今天，我們在眾多字體裡選了「鱷」字作為正字，可是「鱷」並非魚類，故文字規範以後反而容不下意義更為正確的異體字，只能説是「鱷」字留下的遺憾。

鯨魚是哺乳類動物而不是魚，古人無由得知。但在古籍之中，鯨之為大，鯨能吞舟，卻早為古人所認識。海洋較諸陸地而言，更為神秘，文字創造與動物分類本為二事，但從中也為我們所認識世界帶來無限啟發。

無前足的貓

入水能游，出水能跳，不一定是兩棲類動物的專利。有些哺乳類動物能夠在水陸生活，只是待在水裡的時間比較長，在陸地上便顯得有些笨拙。海狗便是這樣的動物。大海充滿著無限的可能，海洋生物因此添上了一層神秘的面紗。《爾雅·釋獸》云：「貀，無前足。」一種無前足的動物，觀乎《爾雅》這樣的形容，可以肯定地並非沒有前足，只是這對前足並不是人類想像中四腳動物的前足而已。郭璞注釋比較詳細，可加細察：

> 晉太康七年，召陵扶夷縣檻得一獸，似狗，豹文，有角，兩足，即此種類也。或說貀似虎而黑，無前兩足。

這裡郭璞指出在晉武帝太康七年（286）的時候，在召陵扶夷縣捕捉得一野獸，形狀似狗，身上有豹紋，頭上有角，只有兩隻腳。郭氏以為當時所捕獲的便是貀。郭氏並注或說，以為貀的形體與老虎相似，但呈黑色，沒有兩隻前足。

郭璞除了注釋《爾雅》以外，也注釋《山海經》。《山海經·西山經》：「玉山，是西王母所居也。……有獸焉，其狀如犬而豹文，其角如牛，其名曰狡，其音如吠犬，見則其國大穰。」這

| 貙（《爾雅圖》）

裡的「狡」是一種瑞獸，乃豐年的徵兆。狡的形狀像狗，身體有豹紋，長著牛角，聲音像吠犬。郭璞注：「晉太康七年，邵陵扶夷縣檻得一獸，狀如豹文，有二角，無前兩腳，時人謂之『狡』。疑非此。」郭璞因為同注二書，故將《山海經》的「狡」與《爾雅》的「貙」扯上關係。郭氏以為，「狡」當如《山海經》所載，是一種「如犬而豹文，其角如牛」的陸上動物，但是晉太康七年的時候有人所捕捉的動物是「無前兩腳」的「貙」，而非「狡」，故郭氏以當時之人為誤。

在各種不同版本的《爾雅》和《山海經》中，今天附有不少明人所繪畫的插圖，觀乎「貙」與「狡」之二幅，其分別顯而易見。在《爾雅》裡，繪畫之重點在於「無前兩足」；在《山

| 狡（《山海經》明萬曆刊本，蔣應鎬繪圖）

無前足的貙

海經》裡，因為「其狀如犬」，所以「猲」之四肢清晰可見。邵晉涵《爾雅正義》指出：「此蓋當時檻得異獸，人以為即《山海經》之猲，郭氏以意定為貀之類也。」大概郭璞以為「貀」與「猲」本非一物，晉代所見者不過是「貀」而非「猲」。

哺乳類動物都有四肢，如果「無前足」的話，似乎已經超越了我們對哺乳類的想像。唐代類書《藝文類聚・祥瑞部・騶虞》引王隱《晉書》曰：「太康六年，荊州送兩足虎，時尚書郎索靖，議稱半虎，博令王鈞為文曰：殷殷白虎，觀疊荊楚，孫吳不逞，金皇赫怒。」騶虞是一種「不食生物，不履生草」的義獸，乃係動物界的伯夷、叔齊，層次高得很。王隱《晉書》的「兩足虎」，未知是否便是《山海關》裡的「猲」，但同是晉代太康年間發現，這個時期的奇異動物實在是何其之多！不要以為兩足的虎只見於道聽塗說的街談巷語，在正史裡，《晉書・世祖武帝紀》太康六年記云：「南陽郡獲兩足獸。」邵晉涵懷疑「南陽」就是「召陵」的訛誤。然則，「兩足虎」看似真有其事。眾所周知，《晉書》乃唐代房玄齡等人所編撰，而在唐代以前便有「十八家晉史」傳世，實際數量可能多達二十餘家，但其中如沈約、鄭忠、庾銑的三家晉書早已亡佚。唐太宗以為前代晉史多有缺陷，而且「制作雖多，未能盡善」（《史通・古今正史》），於是在貞觀二十年（646）下詔編修《晉書》。可以說，王隱《晉書》所載實際上是房玄齡《晉書》的藍本。老虎皆有四足，王隱《晉書》所見荊州之獸只有兩足，稱為「半虎」，詭奇怪異。房玄齡等所編的《晉書》畢竟是唐代所編的正史，改稱「兩足

獸」，乃因唐高祖李淵之祖父諱虎，故改「虎」為「獸」。無論如何，大抵這頭「兩足虎」是生活在陸地上的動物，兩足的動物該當如何走路，我們只能繼續的摸不著頭腦，讓牠闕疑。

《爾雅》裡的「貀」其實非常簡單，其特徵只有「無前足」三字。《説文解字‧豸部》云：「貀，獸無前足。从豸出聲。《漢律》：『能捕豺貀，購百錢。』」這裡清楚表明，貀是獸名，其形狀是沒有前兩足。依照《漢律》規定，能捕捉到一隻豺或貀者，官府懸賞百錢。豺是犬科豺屬至今唯一倖存的動物，在中國傳統典籍的記載裡經常都不懷好意。按照「豺」和「貀」的字形，二者皆屬豸部。《説文解字》：「豸，獸長脊，行豸豸然，欲有所司殺形。」豸是長脊獸行豸豸然，長脊宛蜒。象形字，象猛獸的側面，高頭大口，背脊甚長而曲作弓形，似乎準備著伺機撲殺的樣子。徐鍇《説文解字繫傳》以為「豸豸，背隆長」。大抵猛獸撲殺動物，皆先曲身擬度，然後伸脊向前直撲，此即所謂「豸豸然」也。然則貀亦是一種「背隆長」的動物。《集韻‧入聲‧黠》：「貀、豽，女滑切。獸名。《説文》無前足，《漢律》能捕豺貀購百錢。或作豽。」以為「貀」與「豽」二字相通。又《廣韻‧入聲》：「豽，獸名，似狸，蒼黑，無前足，善捕鼠。」因為「貀」和「豽」二字可以相通，我們可以借助「豽」的特點以推敲「貀」究竟為何物。「豽」似狸，顏色是蒼黑的，同樣是無前足，且善於捕鼠。我們比較清楚狸是什麼。狸的體大如貓，圓頭大尾。以鳥、鼠等為食，常盜食家禽。當然，我們心裡會想，貀即豽，豽似狸，狸有四足故可捕鼠，沒有前足的貀

或貊，怎麼能夠捕鼠呢？這自然是不可思議。

「貀」可能是現在海獅科的一種動物。誠如前文所言，《爾雅》所言「無前足」只是強調貀的前足並不明顯。如果真的沒有前足的話，只有後兩足，即強調其有兩足可矣。何必特別指出「無前足」？因此，我們可以由《爾雅》這個簡單的解說，得悉「貀」是前足退化，後足發達的動物。又，結合上文所援引各字書，可以得出貀的其他特徵，包括：

一、「行豸豸然」。貀的背部可以隆起，尤其在捕獵之時。此其身體特徵。

二、「似狗，豹文」。貀的身上有如豹般的花紋，其體態與狗相似。

三、「似虎而黑」、「蒼黑」。貀的顏色應該是黑色或青黑色的。

總而言之，在現存海獅類生物之中，大抵以海狗與上述特徵最為相近。然後，讓我們來看看明代李時珍在《本草綱目》裡的記載。《本草綱目》卷五十一獸之二

反倚

獸長脊行豸豸然欲有所伺殺形凡豸之屬皆從豸臣鍇曰豸豸背隆長皃欲有所伺殺謂其行綴也池

| 《說文解字繫傳》

載有「膃肭獸」，李時珍直言此為「海狗」。《本草綱目》援引《説文》，指出此獸在《説文》裡作「貀」，與「肭」相同。然後引《唐韻》曰：「膃肭，肥貌。或作骨貀，訛為骨訥，皆番言也。」可知「膃肭」是外來語彙的轉譯。海狗在日本蝦夷土著的語言中稱為「onnep」，取其諧音譯為「膃肭」。膃肭二字在古漢語中即肥軟之貌。皮日休《二游詩‧任詩》有「猿眠但膃肭，鼉食時嘖唭」之句，用的就是此義。

　　看到《海錯圖》裡的膃肭獸，大概跟我們看到的海狗有點相似，但不完全相同。海狗的耳殼甚小，四肢呈鰭狀，但不是「無前足」。海狗在陸上走動的時候不甚靈活，後肢在水中方向朝後，上陸後則可彎向前方，用四肢緩慢行走。海狗的身體上

| 膃肭獸（《海錯圖》）

沒有鱗片，體表多毛，與《海錯圖》所繪的鱗片狀顯有不同，也是古人對海洋生物認知不足所致。

　　提起海狗，今人面對的難題是如何將海獅、海豹、海狗三者區分。簡言之，海豹沒有耳朵，面相像貓，幼時長有白色茸毛，成年後則有斑點花紋。身體長約一點五米。海獅有突出的耳朵，全身毛髮粗硬，有長而粗的鬃毛。身體約長二至三米。海狗有耳朵，毛髮鬆軟，體形比海獅小。體形長約一米。海狗不是受保護的動物，不少地方都有捕捉海豹和海狗的活動，其皮毛，以至身體各部分皆有功用，只是捕獵的方法有時過於殘酷，適足我們深思。更多時候，海洋裡的哺乳類動物會出現在世界各地的水族館，如何讓市民大眾認識海洋生態，本是難題，但並非所有動物皆適合人類飼養，久在樊籠裡，何時方得重返自然？

三腳鼈與龜

中國人喜歡成雙成對，好事成雙，討厭孤單隻影。萬事萬物似乎都以偶數為主，人有雙手雙腿，動物亦多有四肢，三腳動物似乎少有提及。在古代字書的世界裡，卻載有三腳動物。《爾雅‧釋魚》云：

> 鼈三足，能。龜三足，賁。

鼈是生活在水中的爬行動物，字又作「鱉」。形狀像龜，背甲上有軟皮，無紋。肉可食，甲可入藥。亦稱甲魚、團魚；有的地區稱黿；俗稱王八。龜是一個泛稱。在生物分類法裡，龜鱉目是脊索動物門爬行綱的一目，現存十四科，共三四一種。各類龜、鱉，外形特點自必是其龜甲，這是肋骨進化成特殊的骨製和軟骨護盾。龜是兩棲動物，可以在陸上及水中生活，還有長時間在海中生活的海龜，以及幾乎只能生活在陸地上的陸龜。在古代的奇異世界裡，《爾雅》帶來了稱為「能」的三腳鱉，以及稱為「賁」的三腳龜。

讓我們先看看郭璞的注釋：「《山海經》曰：從山多三足鼈，大苦山多三足龜。今吳興郡陽羨縣君山上有池，池中出三足鼈，又有六眼龜。」郭璞不愧是博物學專家，這裡援引了同是

| 「能」與「贔」(《爾雅圖》)

由他注釋的《山海經》，指出了三足鱉與三足龜的產地。郭璞所引，三足鱉見於《山海經・中山經・中次一十一山經》：「又東南三十五里，曰從山。其上多松柏，其下多竹。從水出于其上，潛于其下。其中多三足鱉，枝尾，食之無蠱疫。」這裡指出，從山山上到處都是松樹和柏樹，山下到處皆竹叢。從水發源於此，潛流至山下，水中有許多三足鱉，其尾巴分叉，食其肉，人就可以預防疑心病。三足鱉的外形為三足，已是頗為特別，而且還尾巴分叉，簡直是奇中之奇。一般而言，龜鱉的尾巴是沒有分叉的，如有這種情況，可能是不正常的增生，或者是外部的真菌感染。三足龜則見載於《山海經・中山經・中次七經》：「又東五十七里，曰大𦠿之山，多琈珌之玉，多麋玉。有草焉，其狀葉如榆，方莖而蒼傷，其名曰牛傷，其根蒼文，服者不厥，可以禦兵。其陽狂水出焉，西南流注于伊水。其中多三足龜，食者無大疾，可以已腫。」大𦠿山上有許多琈珌玉和麋玉。山中有一種草，葉子似榆樹葉，方莖還長滿了尖刺，名為牛傷，其根莖上長有青色斑紋，吃了此等根莖，人就不會患上昏厥病，也能避免兵刃之災。狂水起源於大𦠿山的南麓，向西南注入伊水，水中有很多三足龜，人吃其肉，就不會生大病，更能消除癰腫。據《山海經》所載，三足龜的肉有保健和治病的功效，實在神奇。郭璞見多識廣，不單援引《山海經》指出有三足鱉和三足龜，更補充有「六眼龜」，世事真的無奇不有，郝懿行以為郭璞「又言有六眼龜，廣異聞耳」。郭璞晉人，此注更指出吳興郡陽羨縣君山之上有水池，池中即三足鱉的產

地。所言頗為具體，未必不足採信。

| 三足龜（《山海經》蔣應鎬圖本）

　　吳興陽羨即今之宜興，在今江蘇省內。在劉宋時，似乎出產異物頗豐。《宋書·符瑞志》云：「明帝泰始二年八月丙辰朔，四眼龜見會稽，會稽太守巴陵王休若以獻。」「泰始六年九月己巳，八眼龜見吳興故鄣，太守褚淵以獻。」宋明帝泰始二年（西元 466 年），會稽發現四眼龜；至泰始六年（西元 470 年），吳興則有八眼龜。四眼、八眼的龜，大抵皆因病變而生，並在吳興、會稽，即今之江蘇一帶。中唐類書《初學記》卷三十「鱗介部」引《宋略》云：「吳郡獻六眼龜。」裴子野《宋略》是記載劉宋歷史的編年體史書。結合《宋書》所引，可見劉宋時期出現了頗多奇異的龜。其實，不僅是劉宋時期，更早的晉代，吳興太守孔愉有一段龜之報恩的美事。《搜神記》云：

　　孔愉字敬康，會稽山陰人。元帝時，以討華軼功封侯。愉少時，嘗經行餘不亭。見籠龜于路者，愉買之，放於餘不溪中。龜中流，左顧者數過。及後以功封餘不亭侯。鑄印而龜鈕左顧，三鑄如初。印工以聞。愉乃悟其為龜之報，遂取佩焉。累遷尚書左僕射，贈車騎將軍。

此言孔愉曾經經過餘不亭，看見有人在賣龜，孔愉就將牠買下並到溪中放生，龜在離開途中多次向左望。後來，孔愉封餘不亭侯時，鑄侯印時鑄工發現印上的龜鈕望左，如是者三。鑄工因此向孔愉報告，遂想起救龜左望的往事，故就接受侯印。不要以為《搜神記》只是道聽塗說之說，作者干寶乃是晉代史官，而這個故事後來更見於《晉書》孔愉的本傳，文字與《搜神記》無大差異，龜能報恩，豈不美哉！孔愉放生的龜，在餘不溪中左顧數次，龜固然可以左右顧盼，本無可疑，其目光是否集中在孔愉身上，不得而知。有些品種的龜，頭部在縮入甲中的時候，頸部會向一側彎曲，例如側頸龜、蛇頭龜都是這樣。當然，今所見這些龜生活在南美洲、非洲、澳洲等，似乎不見於亞洲地區，孔愉所見左顧再三的靈龜，究竟是主觀意願投射，抑或特有品種，或是精誠所致，則不得而知矣。今所見輯本《搜神記》為二十卷本，第二十卷居全書之末，所載故事多與動物相關，大抵意在表明神異之事不獨人世有之，動物亦然。孔愉龜之報恩的故事，旨在說明龜能報恩，何況人類，寄意深遠！

古漢語常有一字多義的情況。以「能」字為例，它可以是《爾雅·釋魚》裡的「三足龜」。《說文解字·能部》：「能，熊屬。足似鹿。從肉㠯聲。能獸堅中，故稱賢能；而彊壯，稱能傑也。凡能之屬皆從能。」據《說文》所言，「能」是熊類獸。其足與鹿足相似，故從比；從肉，示其肉身，㠯是聲符。「能」這種野獸骨節強直，中實少髓，所以引申為賢能；而能獸強壯多力，所以又引以稱傑出之才。在這裡，「能」成為了類似熊的

動物。「羆」與「熊」，毫不相似，在古漢語裡居然可以同用「能」字表達！鯀是大禹的父親，《史記・夏本紀》云：「於是堯聽四嶽，用鯀治水。九年而水不息，功用不成。於是帝堯乃求人，更得舜。舜登用，攝行天子之政，巡狩。行視鯀之治水無狀，乃殛鯀於羽山以死。」因為解決水患失敗，結果虞舜處死鯀。唐人張守節《史記正義》云：「鯀之羽山，化為黃熊，入于羽淵。熊音乃來反，下三點為三足也。束皙《發蒙紀》云：『羆三足曰熊。』」鯀死了，轉化成為「黃熊」，這「熊」能夠入於羽淵（河名），肯定是入水能游的了。今天看來，熊固然也可以游泳，但與鱉相比，仍然有所不及，這個「熊」所指或許只是「能」（即「羆」）。這算是「熊」和「羆」的一點契合吧！

一般而言，動物皆有四肢，三足的羆與龜，可能反映了一些在動物界以外的問題。三足，代表有所缺失。《漢書・五行志》記載了三足馬：

哀帝建平二年，定襄牡馬生駒，三足，隨群飲食，太守以聞。馬，國之武用，三足，不任用之象也。後侍中董賢年二十二為大司馬，居上公之位，天下不宗。哀帝暴崩，成帝母王太后召弟子新都侯王莽入，收賢印綬，賢恐，自殺，莽因代之，並誅外家丁、傅。又廢哀帝傅皇后，令自殺，發掘帝祖母傅太后、母丁太后陵，更以庶人葬之。辜及至尊，大臣微弱之禍也。

哀帝建平二年，定襄郡有一匹雄馬生駒（《說文》謂兩歲的馬名「駒」），有三條腿，跟隨群馬飲食，太守上報此事。〈五行志〉指出，馬是國家用來打仗的，只有三腿是不能任用的象徵。因此自然現象，用以比附人事。及後，侍中董賢年二十二歲，為大司馬，居三公之位，天下信奉之。哀帝暴斃，成帝母王太后召來姪子新都侯王莽，收董賢印綬，董賢因而自殺，王莽取而代之，並誅殺外戚丁、傅。又廢除哀帝傅皇后，令其自殺，挖掘皇帝祖母傅太后、母丁太后的陵墓，換以平民禮來埋葬。連累至尊的人，這是大臣們軟弱無能所造成的禍患。天人交感，因為馬少了一條腿而生出的種種後事，正是漢代人的想法。奇異的動物不會無緣無故出現，發現三足鱉與三足龜，與其說是符瑞，不如說是劉宋時代大臣軟弱無能的象徵。

三足鱉與三足龜即使曾經存在，都是過去的事情，失去了我們應該要珍惜。今天，有的動物是靠著兩隻腳和另一個部位（如尾巴）休息的，例如狐獴及啄木鳥。鸚鵡依靠其尾巴做「三肢運動」，有著較佳的平衡感，身體也比較安穩。袋鼠的尾巴也算是牠的第三隻腳，在移動的過程中，袋鼠的尾巴著地早於後腳，藉此將身體推進，雄性袋鼠甚至用尾巴打架，或者只用尾巴平衡，利用雙腿踢其他袋鼠。能夠利用第三肢以作平衡或動作的動物，或許正是古代三足動物之遺！

勝義紛陳的古代馬世界

很多時候，我們以為世事複雜了，語言也相應地發展，用以表示紛陳的事物。事實上卻不一定如是。在漢字的動物世界裡，古人每每用更豐富的詞彙表示年紀不一、形狀大小或異的同一種動物。讓我們來看看東漢許慎《說文解字‧馬部》裡非常豐富與仔細的馬匹語料庫：

馬，馬一歲也。从馬一。絆其足。讀若弦。一曰若環。

駒，馬二歲曰駒，三歲曰駣。从馬句聲。

馴，馬八歲也。从馬从八。

「馬」指的是一歲的馬匹。這個字的字形是「馬」和「一」的結合，乃會意字。這裡的「一」是指事符號，表示一歲的馬匹步履不穩，如有障礙物絆倒其足一樣。可見一歲的馬匹是身體未完全發展成熟的。清人桂馥《說文解字義證》引趙宧光曰：「馬一歲稍稽絆其足，未就銜勒也。」便即此意。一歲的馬，兩歲的馬，八歲的馬，我們今天只能直稱其年齡，並無專有名詞表達。在古代，居然還有專門名詞逐一細分，不能不驚嘆古人分類的細緻。一般而言，馬的平均壽命是二十五歲，約是人類平均壽命的三分之一。馬到了五、六歲時，恆齒就會完全替代乳

齒，身體也完全成熟，進入壯年時期。準此而論，《說文》所謂
「馬」者，應該表示已經發展成熟的馬匹。至於「駒」（二歲）、
「駣」（三歲）這兩種馬匹，如果到了香港，便是適齡在賽馬場
地上馳騁。馬匹一歲等於人類十二歲，二歲等於人類十八歲。
香港賽馬的馬匹，競賽生涯是二至十歲，巔峰時期是四至六
歲，到了十一歲便要強制退役。看來《說文解字》的釋義標準
對於我們了解馬匹年紀還是有一點作用。

　　接著，再來看看《說文解字・馬部》裡關於馬匹身高的記
載：

　　驕，馬高六尺為驕。從馬喬聲。《詩》曰：「我馬唯驕。」
　　一曰野馬。
　　騋，馬七尺為騋，八尺為龍。從馬來聲。《詩》曰：「騋牝
　　驪牡。」
　　馬戎，馬高八尺。從馬戎聲。

不同高度的馬，也有不同的名稱。六尺高的叫「驕」，七尺高的
叫「騋」，八尺高的可以稱「龍」或「馬戎」。（「馬戎」字在馬部之
末，乃北宋徐鉉所增之新附字，非許慎原本。）《爾雅・釋畜》
亦說「馬八尺為馬戎」。《爾雅義疏》引徐松云：「八尺言長，馬身
長者必善走，故相馬者以長為貴，長則必高，言長足以該高，
高不足以該長。」大抵馬長得高大必定善走，今天如果能得八尺
之馬，在賽馬場上便當無往而不利。按《說文》所言，「驕」、

「駃」、「龘」是三種高矮不同的馬匹，其釋「驕」又說「一曰野馬」。《爾雅・釋畜》「野馬」之下，郭璞注：「如馬而小，出塞外。」指出「野馬」體形較小，《說文》所謂「馬高六尺為驕」，正本於此；又謂「野馬」居住在北方。野馬（Przewalski's Wild Horse），又稱為蒙古野馬。牠們體格健壯，脖子粗大，頭部大，短腿。皮毛暗褐色。原產於中亞和蒙古、西伯利亞大草原。一九六八年以後，蒙古野馬在野外的分佈情況已不清楚，基本上在野外滅絕。[15] 此後，世界各國對部分人工飼養保留下來的蒙古野馬加以重點保護，使該物種得以延續。至二十世紀九十年代，一些針對蒙古野馬的野外放養計畫正式啟動，並很快成功實現了野外繁殖。至二○○五年，蒙古野馬在世界自然保護聯盟瀕危物種紅色名錄中的保護狀態已經正式被提議為由野外滅絕更改回為極危；及至二○○八年，調整為極危；到二○一一年，改善為瀕危。蒙古野馬是野外滅絕動物在動物園及保護區中繁殖最典型成功的例子，其保護狀態的成功變更成為動物保護史上具有重要意義的里程碑。（參考維基百科「普氏野馬」條）

古人騎馬講究規格，社會上不同地位的人，坐騎亦異。何休《公羊解詁》說：「天子馬曰龍，高七尺以上；諸侯曰馬，高六尺以上；卿大夫、士曰駒，高五尺以上。」皇帝騎的是七尺高

---

15 〔英〕朱麗葉・克拉頓-布羅克（Juliet Clutton-Brock）主編：《哺乳動物》（北京市：中國友誼出版社，2005 年），頁 314。

| 布拉格動物園裡的普氏野馬

的馬，名為「龍」；諸侯騎的是六尺高的「馬」；卿大夫和士人
騎的是五尺高的馬，名為「駒」。承上所論，諸侯所騎的大概是
蒙古野馬，當無異議。可是，這裡說天子的「龍」高七尺，前
引《說文》則說「八尺為龍」，而且「駥」字的意思又是「馬高
八尺」，讓人有些混亂，究竟誰是誰非呢？《爾雅・釋畜》「馬
八尺為駥」句下，郭璞注：「《周禮》曰：馬八尺已上為駥。」
桂馥《說文解字義證》援引書證，《後漢書》李賢注引《爾雅》
作「龍」；《周禮・夏官司馬下・廋人》「馬八尺以上為龍，七尺
以上為騋，六尺以上為馬」；《漢舊儀》「大宛汗血馬皆高七尺」。

可是《義證》雖多臚列書證，卻少加判斷，因而未知是非。再看段玉裁《説文解字注》，其曰：「『龍』俗作『駥』。」以為「駥」是「龍」的俗字。據段説，是「龍」和「駥」皆是馬高八尺之謂。《説文》與《爾雅》方面算是能自圓其説，只是《公羊解詁》那「天子馬曰龍，高七尺以上」，仍是未知所據。

　　今天，馬匹的身高以人的手掌為量度標準，一掌相等於十釐米，牠們平均身高大約是十六掌，約為一六〇釐米，體重平均一千磅，約四五〇公斤。又因為品種跟地區的差異，成年馬匹的身高會從五掌到十八掌高（約五十釐米至一八〇釐米）。《説文解字》是漢代典籍，漢代一尺等同二十七點七釐米，現代一尺等同三十三點三三釐米，可見漢尺與今尺不盡相同。大抵今天馬匹的高度大約等同漢尺的五尺多接近六尺，即是前引《説文》「野馬」與今日蒙古野馬的一般高度。

　　不單是馬的年齡和高度，《説文解字》裡有關馬匹毛色的詞彙也十分豐富。今天，已有定義的馬匹毛色有十多種，其中黑色、棗色、栗色、棕色或灰色為主要的馬匹毛色。香港賽馬會對馬匹色的分類也只是栗、棕、棗、灰而已。回到漢代，《説文》裡有關馬匹毛色的詞彙同樣使人目不暇給：

騏，馬青驪，文如博棊也。从馬其聲。

驪，馬深黑色。从馬麗聲。

駽，青驪馬。从馬肙聲。《詩》曰：「駜彼乘駽。」

騩，馬淺黑色。从馬鬼聲。

騮，赤馬黑毛尾也。从馬留聲。

騢，馬赤白雜毛。从馬叚聲。謂色似鰕魚也。

騅，馬蒼黑雜毛。从馬隹聲。

駱，馬白色黑鬣尾也。从馬各聲。

駰，馬陰白雜毛黑。从馬因聲。《詩》曰：「有駰有騢。」

驄，馬青白雜毛也。从馬悤聲。

驕，驪馬白胯也。从馬喬聲。《詩》曰：「有驕有騜。」

駹，馬面顙皆白也。从馬尨聲。

騧，黃馬，黑喙。从馬咼聲。

驃，黃馬發白色。一曰白髦尾也。从馬䙴聲。

駓，黃馬白毛也。从馬丕聲。

騝，馬赤黑色。从馬戠聲。《詩》曰：「四騝孔阜。」

騂，馬頭有發赤色者。从馬㟒聲。

馰，馬白額也。从馬，的省聲。一曰駿也。《易》曰：「為
的顙。」

駁，馬色不純。从馬爻聲。

馵，馬後左足白也。从馬，二其足。讀若注。

驒，驪馬黃脊。从馬覃聲。讀若篿。

騴，馬白州也。从馬燕聲。

據《說文解字·馬部》，上引二十二字皆在狀寫馬匹的不同毛
色。騏是有青黑色紋理的馬。驪是純黑色的馬。騩是青黑色的
馬。驂是毛淺黑色的馬。騮是黑鬃黑尾巴的紅馬。騢是毛色赤

白相雜的馬。騅是青白雜色的馬。駱是黑鬃黑尾巴的白馬。駰
是淺黑雜白的馬。驄是青白色的馬。驈是股間白色的黑馬。騘
是青色的馬。騧是黑嘴的黃馬。驃是黃毛夾雜著白點子的馬。
駓是毛色黃白相雜的馬。騢是赤黑色的馬。騂是額紅色的馬。
馰是額白色的馬。駁是顏色不純夾雜著別的顏色的馬。驒是後
左腳白色的馬。驔是黃色赤毛的黑馬。驠是屁股毛色白的馬。
現在，我們大多只能稱毛色相異的馬匹為什麼顏色的馬，可是
看見東漢人許慎已經觀察入微，能夠用不同的詞彙狀寫馬的顏

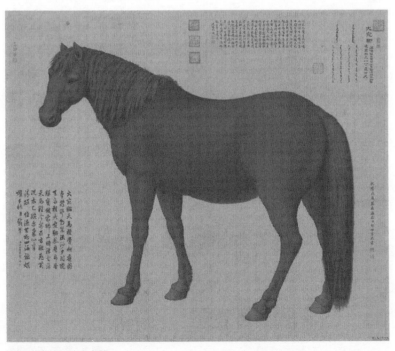

| 朗世寧筆下的大宛驈

色。《說文解字》以單字便已代表了複雜的意義，可知在東漢以前漢語詞彙已經非常豐富，否則《說文》無從得以反映。

在我國古代的歷史裡，改朝換代、攻城野戰總與名馬結下不解之緣。楚漢相爭時，項羽的坐騎名為「烏騅」，此騎所向披靡，助項羽奮勇殺敵。「烏」是黑色，「騅」如上引《說文》是「馬蒼黑雜毛」。清人段玉裁對《說文》「騅」字的解釋不太滿意，他說：「黑當作白。〈釋獸〉、《毛傳》皆云：蒼白襍毛曰騅。蒼者、青之近黑者也。白毛與蒼毛相閒而生、是為青馬。騅深於青白襍毛之驄、未黑也。若黑毛與蒼毛相閒而生、則幾深黑矣。」段玉裁的懷疑很有道理。「蒼」已經是近乎黑色了，如果是蒼和黑相間的話，那便是深黑，難以察覺。因此，據《爾雅·釋獸》和《毛傳》的解釋，「騅」應該是「蒼」與「白」雜毛。項羽兵敗之際，困於垓下，聞四面楚歌，因曰：「力拔山兮氣蓋世，時不利兮騅不逝。騅不逝兮可奈何，虞兮虞兮奈若何！」此時此刻，最讓項王放心不下大抵只有美人虞姬和名馬烏騅。虞姬及後自刎而死，此不贅述；烏騅不肯離開，也是有情有義。最後，項羽且戰且退，將烏騅贈予烏江亭長，曰：「吾騎此馬五歲，所當無敵，嘗一日行千里，不忍殺之，以賜公。」不忍殺烏騅，正見項羽與烏騅主僕情深。在中國文學作品裡，我們可見三國時期張飛的坐騎也是烏騅馬，隋唐時期尉遲恭的坐騎名為「抱月烏騅馬」，《水滸》英雄呼延灼的坐騎名為「踏雪烏騅馬」，可見烏騅一直都是戰場上助主人殺敵無數的駿馬。

此外，《三國演義》裡劉備的「的盧」、關羽的「赤兔」皆

是亂世中的名馬。再者，唐太宗李世民的六匹駿馬也是古代戰馬的表表者。六駿是李世民在唐朝建立前先後騎過的戰馬，分別名為拳毛騧、什伐赤、白蹄烏、特勒驃、青騅、颯露紫。為紀念這六匹戰馬，李世民令工藝家閻立德和畫家閻立本（閻立德之弟），用浮雕描繪六匹戰馬列置於陵前，謂之「昭陵六駿」。唐太宗之攻城野戰，陪伴左右的六駿實在功不可沒。可是，六駿並不能一直保護著唐太宗。六駿中的颯露紫、拳毛騧於一九一八年被盜，運至美國，後為實業家埃爾德里奇・R・約翰遜（1867-1945, Eldridge R. Johnson）購得，並捐獻給賓夕法尼亞大學博物館，收藏至今。剩下四塊原本亦難逃厄運，已經打碎裝箱，卻在盜運時被截獲，現藏西安碑林博物館。羅振玉《石交錄》卷四嘗載袁克文（袁世凱之子）命令文物商人將昭陵六駿運往洹上村，惟因石體重大不便，先將颯露紫、拳毛騧二石剖而運之，即今在美國者是也。至於其餘四駿，如非截獲，大抵亦難逃盜偷運之命運。唐太宗撰有〈六馬圖贊〉（《全唐文》卷十），分別指出六匹馬之戰功，以及其贊語：

拳毛騧：黃馬黑喙，平劉黑闥時乘。前中六箭，背二箭。
贊曰：月精按轡，天駟橫行。弧矢載戢，氛埃廓清。（其一）

拳毛騧是黃馬有黑的嘴，李世民在平定劉黑闥時所騎。拳毛騧的前面中了六箭，背後中了兩箭，合共中了八箭。「拳毛」乃突

厥文「Khowar」之對譯，乃西突厥一小國地名，在今新疆塔什庫爾干以西和巴基斯坦最北部之間，故拳毛騧大抵與此地關係密切。

> 什伐赤：純赤色，平世充、建德時乘。前中四箭，背中一箭。贊曰：瀍澗未靜，斧鉞伸威。朱汗騁足，青旌凱歸。（其二）

什伐赤乃純赤色之馬，在平定王世充、竇建德時所騎。什伐赤的前面中了四箭，背後中了一箭，合共中了五箭。「什伐」乃突厥文「Shad」之對譯，是突厥軍事將領的高級官號。此處唐太宗乃用突厥官號命名其坐騎。

> 白蹄烏：純黑色，四蹄俱白，平薛仁杲時所乘。贊曰：倚天長劍，追風駿足。聳轡平隴，回鞍定蜀。（其三）

白蹄烏乃純黑色之馬，四蹄皆為白色，在平定薛仁杲時所騎。葛承雍〈試破唐「昭陵六駿」來源之謎〉以為「白蹄」之語意來自突厥文「bo-ta」，義為幼馬或幼駱駝，是「少汗」之意。然而，觀乎唐太宗已指出「四蹄俱白」云云，則「白蹄烏」之命名實已明瞭，無用語音對譯為説。

> 特勒驃：黃白色，喙微黑色，平宋金剛時所乘。贊曰：應

策騰空，承聲半漢。入險摧敵，乘危濟難。（其四）

特勒驃乃黃白色之馬，嘴為微黑色，在平定宋金剛時所騎。

颯露紫：紫鷰騮，平東都時所乘。前中一箭。贊曰：紫鷰
超躍，骨騰神駿。氣轟山川，威凌八陣。（其五）

颯露紫乃紫燕色之馬，在平定王世充時為太宗所騎。颯露紫的
前面中了一箭。

青騅：蒼白雜色，平竇建德時所乘。前中五箭。贊曰：足
輕電影，神發天機。策茲飛練，定我戎衣。（其六）

青騅乃蒼白雜色之馬，在平定竇建德之時為太宗所騎；青騅的
前面中了五箭。總之，這就是唐太宗李世民在征伐天下時曾經
騎過的六匹馬。有關唐太宗的文學成就，眾說紛紜，王世貞《藝
苑巵言》以其不少作品「遠遜漢武，近輸曹操」；都穆《南濠詩
話》以為唐太宗詩「雄偉不群，規模宏遠，真可謂帝王之作，
非儒生騷人之所能及」。這裡重點不在探討唐太宗之文學成就，
但就〈六馬圖贊〉所見，形容馬匹形態之詞彙還是極為豐富的。
　　《說文解字・馬部》所以有如此多姿之詞彙，與人民生活跟
馬匹關係密切絕不可分。古有相馬之術，《呂氏春秋・恃君覽・
觀表》提及馬匹外觀之相異，韓嬰《韓詩外傳》卷七：「使驥不

| 昭陵六駿

得伯樂，安得千里之足。」唐代韓愈《雜說》其四：「世有伯樂，
然後有千里馬。千里馬常有，而伯樂不常有。」伯樂能夠看得出
千里馬，自是深於相馬者也。因此，古籍中又有《伯樂相馬經》
這樣的著作。《新唐書‧藝文志》載有《伯樂相馬經》一卷；唐
張鷟《朝野僉載》、明張鼎思《瑯琊代醉編‧伯樂子》、楊慎《藝
林伐山》皆以之為然。近世地不愛寶，出土文獻甚夥，其中一
九七三年湖南馬王堆漢墓帛書便有出土《相馬經》，雖然未必就
是《伯樂相馬經》，然其中側重於從頭部相馬，行文近似賦體，
極具文學價值，代表了古代馬匹詞彙的高峰。

今天，我們身邊仍然有馬，形容牠的詞彙卻不如古代豐
富。《說文解字》不單是小學字書，我們更可藉此窺探古代人民
的生活。

穴居之獸
‧‧‧‧‧‧‧‧‧‧‧

　　我們稱自己的住處為「家」。看「家」的構件，甲骨文從「宀」從「豕」，或從「豭」，「豭」是聲符，象公豬之形，意會家居之中圈養牲畜。「宀」甲骨文象房屋，「人」是屋頂，兩豎象牆。「宀」與後世字的對應，主要有三說。一、馬叙倫認為「宀」是「穴」的初文，蓋古人最初穴居，後營宮室。二、于省吾認為是「宅」的初文。三、蔡哲茂、徐中舒認為是「廬」的初文。無論如何，「家」字「宀」下所藏乃係一頭豬。如果「家」是圈養豬的地方，那麼家中成員懶惰成性，也就當之無愧成為懶豬了。

甲骨文　　　　　　　　金文

J17442　　　　　　　　B11194

　　上面是甲骨和金文裡的「穴」字。不管「宀」是否「穴」的初文，如果「宀」下的不再是豬，而是蟲，這個便是「鼠」字。《說文解字‧鼠部》：「鼠，穴蟲之總名也。象形。凡鼠之屬

皆從鼠。」當然，這裡的「蟲」並不是我們今天所說的「蟲」。
「蟲」是中國古代對動物的總稱。因此，《說文》說的「穴蟲」，
便是居住在洞穴裡的動物。《爾雅・釋獸》的記載，《爾雅》載
有「鼠屬」十二種，其文如下：

鼢鼠，郭注：「地中行者。」

據郭璞注，鼢鼠是在地中行走的。《說文・鼠部》云：「鼢，地
行鼠，伯勞所作也。一曰偃鼠。从鼠分聲。」《廣雅》云：「鼹
鼠，鼢鼠。」是二者相同也。《本草綱目》引《別錄》云：「鼹
鼠在土中行。」陶注：「此即鼢鼠也，一名隱鼠，一名鼢鼠。形
如鼠大而無尾，黑色，尖鼻，甚強，常穿地中行。」這裡指出了
更多鼢鼠的特點，包括在土中行，以及其他在外形上的特色。
清人郝懿行所言更為具體，其云：「此鼠今呼地老鼠，產自田
閒，體肥而匾，尾僅寸許，潛行地中，起土如耕。」指出鼢鼠出
自農田之中，體形肥胖而扁，短尾，能潛行地中，並將挖起泥
土。今天，鼢鼠乃囓齒目倉鼠科鼢鼠亞科的通稱，其體形像普
通老鼠，頭大而扁，視覺極不發達；背毛銀灰色而略帶淡赭色；
體形粗壯，體長十五至二十七釐米；吻鈍，門齒粗大；四肢短
粗有力，前足爪特別發達，大於相應的指長，尤以第三趾最
長，是挖掘洞道的有力工具；眼小，幾乎隱於毛內，視覺差，
有瞎鼠之稱；耳殼僅繞耳孔很小皮褶；尾短，略長於後足，被
稀疏毛或裸露；毛色從灰色、灰褐色到紅色。基本上與郝懿行

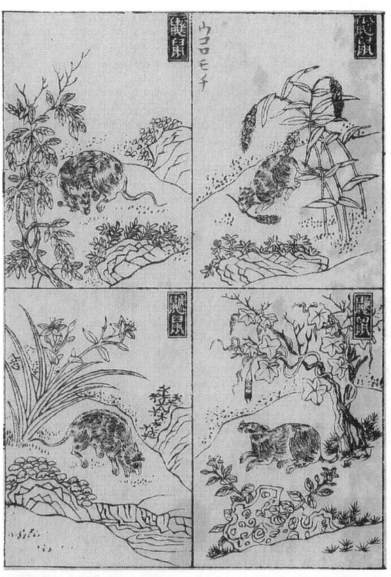

鼨鼠、鼮鼠、鼫鼠、鸓鼠（《爾雅圖》）

所言相同。

　　鼸鼠，郭注：「以頰裡藏食。」

鼸鼠可以將食物藏在兩頰之中。由於這個特點，《廣雅・釋獸》更將字寫作「䶄」。《大戴禮記・夏小正》「正月」之下：「田鼠出。田鼠者，嗛鼠也，記時也。」田鼠即嗛鼠（「嗛」與「鼸」同），在正月出來之時，大抵意味著大地回春，萬物重生。郝懿行指出，「鼸鼠即今香鼠，頰中藏食如獼猴然，灰色短尾而香，人亦畜之」。郝氏所言「香鼠」，指涉未明。今所言「香鼠」即香鼬，與田鼠一類並不相同。香鼬是鼬科鼬屬動物，又名香鼬，其面頰似乎也沒有藏食的特點。郝氏所言香鼠或即今之花栗鼠。《說文・鼠部》有「鼬，如鼠，赤黃而大，食鼠者。從鼠由聲」，所指的鼬與今之所謂「香鼬」較為接近。又，《說文・鼠部》錄有「鼸」、「䶄」二字，「鼸，䶄也。從鼠兼聲。」「䶄，鼠屬。從鼠今聲。讀若含。」《說文》的記載最清楚不過了，「鼸」即是「䶄」，而「䶄」讀若「含」（即「䶃」），是「鼸」、「䶄」、「䶃」三者本為一物。

　　鼨鼠，郭注：「有螫毒者。」

接下來的是鼨鼠，郭璞給牠的注釋非常簡潔，就是給咬而有毒。《左傳・定公十五年》、〈哀公元年〉、〈成公七年〉皆有鼨

鼠食郊牛之事，孔穎達引《爾雅注》以為「色黑而小，有毒」，以及孫炎「有螫毒者」之解說。鼠之小，能食牛之大，似非事實；然而道出有毒即可釋疑。鼷鼠又稱小家鼠，能傳染多種疾病，更是傳播鼠疫之媒介。因此，以其可食郊牛，並非指其真能鯨吞巨大之牛隻，而係嚙噬使其毒發身亡。

鼶鼠，郭注：「〈夏小正〉曰：『鼶鼬則穴。』」

鼶鼠之為何物，資料甚少，未易明也。字書之解說並不清晰。《說文・鼠部》云：「鼶，鼠也。」《玉篇》以為鼠名。《淮南子・時則》「田鼠化為鴽」句，高誘注：「田鼠，鼶鼶鼠也。」「鼶」即「鼶」，二者音義無別。郝懿行指出「鼶蓋田鼠之大者」，今直指鼶為大田鼠矣。

鼬鼠，郭注：「今鼬似貂，赤黃色，大尾，啖鼠，江東呼為鼪。音牲。」

有關鼬鼠之描述算是清晰。郭璞指出鼬鼠似貂（即「貂」），毛色赤黃，有大尾巴，吃鼠；江東方言稱鼬鼠為鼪。鼬鼠即今所謂黃鼠狼，說到黃鼠狼，牠給人的負面印象頗多。「黃鼠狼給雞拜年」是一個歇後語，據說黃鼠狼喜歡吃雞，故比喻人不懷好意，別有居心。其實，黃鼠狼主要吃的是嚙齒動物、魚、蛙和鳥卵等，雞並不是牠特別喜歡的美食。李時珍《本草綱目》卷

五十一下〈獸部〉指出鼬鼠即是黃鼠狼，其曰：「按《廣雅》鼠狼即鼬也。江東呼為鼪，其色黃赤如柚，故名。此物健於捕鼠及禽畜，又能制蛇虺。《莊子》所謂騏驥捕鼠，不如貍鼪者，即此。」由於李時珍《本草綱目》的重要性，黃鼠狼之名不脛而走，流傳至今。

　　鼩鼠，郭注：「小鼱鼩也，亦名鼵鼩。」

接下來是鼩鼠。《説文·鼠部》：「鼩，精鼩鼠也。从鼠句聲。」大抵鼩鼠體小，尾短，形似小鼠。《清稗類鈔·飲食·青海人食鼩鼠》：「青海有鼩鼠，窟處土中，黃灰色，較家鼠身肥短，尾不及寸。」在今天的生物分類法裡，有哺乳綱鼩鼱目鼩鼱科的一類。此科生物的特點，便是體形細小、外貌有點像長鼻鼠。鼩鼱的腳有五隻有爪的腳趾。鼩鼱今天主要見於南美洲哥倫比亞一帶，與《爾雅》、《説文》年代所見有所不同。

　　鼶鼠，郭注：「未詳。」

鼶鼠是郭璞亦不知道的鼠，不單郭璞不知其為何物，清人郝懿行也不知道。這裡要説的雖然是字書裡面的動物世界，《爾雅》載錄的字不會是無的放矢，肯定是必有所指、並見諸經典。然而考之《十三經》之中，並未見「鼶」字。《釋文》云：「鼶音時。」所謂「音時」者，可知紀歲時鼠為十二屬首，即跟「時」

之概念相關。十二生肖見於王充《論衡·物勢》、蔡邕《月令問答》等，其中《月令問答》自是針對《禮記·月令》而作，當時《禮記》雖非經書，只稱傳記，然與經書關係密切，自無可疑。然則「鼬鼠」或指十二生肖裡的鼠屬，亦未可知。

> 鮌鼠，郭注：「《山海經》說獸云『狀如鮌鼠』，然形則未詳。」

鮌鼠是一種叫聲像狗的鼠。此處郭璞注援引《山海經》「狀如鮌鼠」之文，並指出鮌之形狀未詳。郭璞乃晉代博物學大家，其注《爾雅》、《方言》、《山海經》等，已足見其於博物學之認識。考諸《山海經·中山經》「倚帝之山，其上多玉，其下多金。有獸焉，其狀如鮌鼠」句，郭璞注：「《爾雅》說鼠有十三種，中有此鼠，形所未詳也。音狗吠之『吠』。」這種鮌鼠居然可以有像狗一樣的吠聲，實在是神奇不已。既言「形所未詳」，大抵無人知曉，則鮌鼠本為何物，實無從得知。

> 鼮鼠，郭注：「形大如鼠，頭似兔，尾有毛，青黃色，好在田中食粟豆。關西呼為鮑鼠，見《廣雅》。音瞿。」

鼮鼠在郭璞注中有比較具體的解說。郭氏指出鼮鼠體形大小如鼠，頭與兔相似，尾巴有毛。鼮鼠是青黃色的，喜歡在田裡吃粟和豆。《廣雅》謂其在關西稱之為鮑鼠。《說文·鼠部》對

「鼫」亦有詳細解釋:「鼫,五技鼠也。能飛,不能過屋;能緣,不能窮木;能游,不能渡谷;能穴,不能掩身;能走,不能先人。從鼠石聲。」鼫鼠身懷五技,能飛、能緣、能游、能穴、能走,這裡沒有突出牠的壞處,只從其才華著眼。不要忘記五技的局限,《荀子・勸學》云:「梧鼠五技而窮。」梧鼠即鼫鼠,雖有五技,卻是能飛不能上屋,能緣不能窮木,能游不能渡谷,能穴不能掩身,能走不能先人。《說文》之言「五技鼠」,正是本諸《荀子・勸學》所言,此可見《說文》本取舊籍釋義之根本。鼫鼠今屬哺乳綱齧齒目松鼠科鼫鼠族,主要分佈在亞洲、歐洲和美洲的熱帶與溫帶雨林中。由於其藥用價值,致使鼫鼠近年來數量急劇下降。部分鼫鼠於中國內地為省級野生保護動物,不得惡意捕捉,藉以維持鼫鼠的數量。

鼨鼠、䶄鼠,郭注:「皆未詳。」

再來便是鼨鼠。《玉篇・鼠部》云:「鼨,班尾鼠。」所指為尾巴有斑紋的鼠。《廣韻》云:「鼨,班鼠。」指的是有斑紋的鼠,沒有特指尾巴。《說文・鼠部》:「鼨,豹文鼠也。從鼠冬聲。」倘如《說文》所言,則《爾雅》此「鼨鼠」便與下文「豹文鼮鼠」無別,似未必是。今所見金花鼠(chipmunk)是身體有斑紋的鼠;又有一種名為斑鼠(cloud rat)的,身體上的毛髮黑白相間。至於尾巴有斑紋的鼠,或謂「鼨䶄」,見《正字通・鼠部》,在今天的生物裡則未知所指。

> 豹文鼮鼠，郭注：「鼠文彩如豹者。漢武帝時得此鼠，孝廉
> 郎終軍知之，賜絹百匹。」

這種鼠的紋彩如豹，郭璞注已清楚指出。終軍在十八歲時已獲
選為博士弟子，後出使匈奴、南越，在南越時為南越相呂嘉所
殺。死時年僅二十歲，因其早逝，時人惜之而稱為「終童」。考
諸《漢書》、《漢紀》等，皆不見郭璞注所言得鼠云云，或郭注
所記有誤。宋人王楙《野客叢書》指出，崔偓佺、劉士玄，以
至唐代類書《藝文類聚》皆有郭璞此說，然《漢書》實不載終
軍此事。可是，在〈竇攸家傳〉裡，卻有：「光武宴百僚於雲
臺，得豹文之鼠，問羣臣，莫知之。惟竇攸曰：『此鼮鼠也。』
詔問所出，曰：『見《爾雅》。』驗之果然。賜絹百匹，詔公卿
子弟就攸學《爾雅》。」大抵事出竇攸，《野客叢書》以《竇攸
家傳》所載為是，其言是也。今考《文選》李善注引摯虞《三
輔決錄》亦以此事出竇攸，則不出終軍明矣。豹文鼮鼠即今之
花松鼠，乃囓齒目松鼠科花松鼠屬之動物，身上有明顯的條
紋，與《爾雅》所言相合。

> 鼯鼠，郭注：「今江東山中有鼯鼠，狀如鼠而大，蒼色，在
> 樹木上。音巫覡。」

最後一個是鼯鼠。郭璞注指出其所在地，形狀較鼠大，青綠
色，在樹上活動。唐代類書《初學記》卷二十九「鼠部」在「食

六居之獸

鳥　毀牛」之下引《爾雅》「䶂鼠」，郭璞注：「江東呼䶂鼠者，似鼠大而食鳥，在樹木上也。」大抵「䶂鼠」即「鼮鼠」，二者音義無異。《初學記》特別指出鼮鼠能夠食鳥，《爾雅》郭注本無「食鳥」云云。要尋找一頭青綠色而食鳥的鼠，實在不容易，因而古籍裡基本上沒有再出現過鼮鼠，而今天的生物裡也似乎沒有鼮鼠的蹤影。

　　除了《爾雅・釋獸》的鼠屬以外，《說文・鼠部》裡一共收錄了二十個字（包括「鼠」字本身）。不要小看這二十個字，其中有許多外型不同的鼠，包括「鼠」、「鼸」、「鼢」、「鼢」、「鼳」、「鼶」、「鼵」、「鼳」、「鼶」、「鼶」、「鼷」、「鼩」、「鼪」、「鼢」、「鼬」、「鼤」、「鼧」、「鼨」、「鼶」、「鼺」等。其中不少亦見上文《爾雅・釋獸》「鼠屬」之中，此不贅述。看見這麼多《說文・鼠部》的字，我們也只能驚嘆古人造字之細心。當中有些是不同種類的鼠，有的是連許慎也只能指出是「鼠屬」而已，不能深究的，如「鼶」、「鼤」、「鼧」等便是如此。其實，沒有詳細的解釋，沒有特別的見解，何以許慎仍然執意收錄這些字，更讓我們清楚《說文解字》的本質。《說文解字》並不是後世所謂的字典詞書，它是一部字書，是一部協助解讀經典的經學用書。因此，《說文》所錄的字，都曾經在前代經典出現，如果我們熟讀《說文》，就等於對五經的文字都瞭如指掌。不要忘記，許慎號稱「五經無雙許叔重」，《說文》用字通貫五經，便是「五經無雙」的重要證據。《說文》的解經性質，只要我們翻開桂馥《說文解字義證》便立刻豁然開朗了。在清代《說文》

四大家（段玉裁、桂馥、王筠、朱駿聲）之中，段玉裁《説文解字注》體大思精，闡明音義，發揮許慎最多；桂馥臚列古籍而不下己意，採用資料最為豐富，二書可謂各擅勝場。《説文》並不是一部字典，它是一部解經之書。《説文》裡收錄的字，必然曾經出現在當時重要的典籍裡。許慎取之而收編成書，倘熟讀之，便可明瞭許多典籍裡用字的意義。可是即使翻查桂書，也找不到古籍裡「䶄」、「䶂」、「䶀」等字的用例，後來的字書如《玉篇》、《廣韻》等或亦收錄諸字，所據蓋亦根據《説文》而無古籍用例。近世地不愛寶，出土文獻甚夥，或許要留待出土文獻的新發現，才可以尋回這些失落已久的「鼠部」字用例。

　　古代的鼠，今天都屬於哺乳動物裡的囓齒類。囓齒類動物很多，大約五隻哺乳動物之中便有兩隻或以上是囓齒類。《詩經・碩鼠》裡説，「碩鼠碩鼠，無食我黍」、「碩鼠碩鼠，無食我麥」、「碩鼠碩鼠，無食我苗」。這裡的「碩鼠」應該是大田鼠，將農民辛苦耕種的農作物都吃光了。當然，大田鼠只是表象，乃用以比喻貪婪傷民的統治者。可愛的鼠很受歡迎，我們更害怕的是鼠患、鼠疫等，可見事情都有兩面。一九二八年，美國的米奇老鼠誕生，至今已將近一百年了。米奇老鼠形象健康，大抵化解了老鼠骯髒的印象，今天更成為了樂園的生財工具，實在是始料不及。鼠是十二生肖之一，乃十二生肖之首。一元復始，萬象更新。原來，居住在洞穴裡的動物，反而成為了十二生肖的領頭人。

穴居之獸

雌雄動物不同論

．•．•．．•．•．．•．•．•．•．

　　男女有別，在雙性繁殖的生物中，有雄性與雌性之分，動物亦然。

　　在我們日常的詞彙裡，習慣地以雄性的某某、雌性的某某（或許在粵語裡的「公」與「乸」）稱呼某些動物，但是在傳統字書裡，可以發現不少詞彙已代表了某些物種的雄與雌。麒麟是傳說中的動物，或謂即今之長頸鹿，且看《說文解字・鹿部》所載以下三字：

　　麟，大牝鹿也。从鹿粦聲。

　　麒，仁獸也。麋身牛尾，一角。从鹿其聲。

　　麐，牝麒也。从鹿吝聲。

「牡」是雄性，「牝」是雌性。《說文解字・牛部》：「牡，畜父也。从牛土聲。」「牝，畜母也。从牛匕聲。《易》曰：『畜牝牛，吉。』」據此，是知家養的雄性走獸稱為「牡」，雌性的稱為「牝」。又《說文・隹部》：「雄，鳥父也。从隹厷聲。」「雌，鳥母也。从隹此聲。」可知「雄」、「雌」所言的是飛禽的男女。總之，「牡」、「雄」皆男，「牝」、「雌」皆女。顏師古注釋《急就篇》卷三「雄雌牝牡相隨趨」句說得最簡潔清晰：「飛曰雄

雌，走曰牝牡。」在《說文》裡，「麟」是體形龐大的雌鹿；「麒」是仁獸，鹿身而牛尾，獨角，雄性；「麐」是雌性的麒。郝懿行云：「麐，經典通作麟。」可知「麐」即「麟」，二字音義相通。比合而論，「麒」為雄性，「麟／麐」為雌性。今天，我們看見長頸鹿，在一般人而言，莫管其雌雄；即在動物學家眼中，亦只區分為「雄性長頸鹿」與「雌性長頸鹿」。中國古代卻對此細加區分，不禁讓人讚嘆。

　　同一動物，雌雄異名，古時多有之。除「麒」、「麟」外，還有以下的一些例子。這裡的是豬：

> 《說文解字·豕部》：「豕，彘也。竭其尾，故謂之豕。象毛足而後有尾。讀與豨同。凡豕之屬皆从豕。」[16]

> 《說文解字·豕部》：「豝，牝豕也。从豕巴聲。一曰一歲，能相把拏也。《詩》曰：『一發五豝。』」

據《說文》所言，「豕」是雄豬，「豝」是雌豬，《爾雅·釋獸》的說法相同。[17]《爾雅》裡也有不少此類記載：

16　案：《說文》原文「讀與豨同」後有「按今世字誤以豕為彘，以彘為豕。何以明之？為啄琢从豕，蠡从彘，皆取其聲，以是明之」之文，徐鉉等以為未必是許慎原文，其曰：「臣鉉等曰：此語未詳，或後人所加。」徐說是，故上文不錄此語。

17　案：《爾雅·釋獸》：「豕子，豬。豯，貕。幺，幼。奏者豶。豕生三，豵；二，師；一，特。所寢，橧。四豴皆白，豥。其跡，刻。絕有力，豝。牝，豝。」這是《爾雅》有關「豬」的條目，我們今天見豬但稱豬，未有細分，可是在古代的語彙裡，

《爾雅‧釋鳥》：「鶉，鵪，其雄鶛，牝痺。」邢疏：「鶉，
一名鵪，其雄名鶛，其牝名痺。」

可知雄性的鶉名為「鶛」，雌性的為「痺」。在《爾雅‧釋獸》
裡還有以下的幾項：

麋：牡，麔；牝，麎；其子，麇；其跡，躔；絕有力，狄。

鹿：牡，麚；牝，麀；其子，麛；其跡，速；絕有力，𪊨。

麕：牡，麌；牝，麜；其子，麆；其跡，解；絕有力，豣。

狼：牡，獥；牝，狼；其子，獥；絕有力，迅。

與鹿相關的雌雄詞彙也夠豐富了。先是「麋」，我們今天稱之為
「麋鹿」，這是漢語詞彙向雙音節發展的結果。雄性的麋鹿可稱
為「麔」，雌性的稱為「麎」。今天，麋鹿是一種已在野外滅絕
的動物，麋鹿的身影只可以在動物園見到，而在野外所有的，
只是放養大自然的結果。在古代，麋鹿的級別頗高，《白虎通
義‧鄉射》引《含文嘉》云：「天子射熊，諸侯射麋，大夫射
虎、豹，士射鹿、豕。」[18] 在這裡，「麋」僅次於天子所狩獵的
熊，位居第二。當然，徒以狩獵而論其重要性，只是將動物置
於任人屠殺的層次，不足深論。然其較諸虎、豹、鹿、豕等為

卻可分作許多細項。
18 案：《禮緯含文嘉》乃漢代緯書。禮緯是漢代重要的文化思潮，反映出漢代對於天文、
　　曆法、地理、醫學、氣象物候等方面的價值取向。

重，卻是顯而易見。麋鹿還有一事讓人津津樂道，那便是牠的「四不像」。在《封神演義》第三十八回裡，牠是姜子牙的坐騎，稱為「四不相」。首次出場之時，描寫牠的詩歌道：「麟頭豸尾體如龍，足踏祥光至九重。四海九洲隨意遍，三山五嶽霎時逢。」這裡「麟頭豸尾體如龍，足踏祥光至九重」的怪物，便是「蹄似牛非牛，頭似馬非馬，尾似驢非驢，角似鹿非鹿」的四不像。在動物學著作的描述裡，可以看到比較具體細緻的描述。「麋鹿在外形上與一般的鹿很不一樣，這種鹿面部像馬，有寬闊的蹄和一條長尾巴。雄鹿另一個特殊的特徵是牠的角『從後向前彎曲』。冬季的皮毛是略帶灰色的淡黃褐色，夏季為紅棕色。」[19] 細意比較，四不像的頭似馬非馬、尾似驢非驢，與今天麋鹿的描述頗為接近。

再來便是最普遍的「鹿」。據《爾雅‧釋獸》，雄性的鹿是「麚」，雌性的是「麀」。《說文解字‧鹿部》也說，「麚，牡鹿。從鹿叚聲。以夏至解角」、「麀，牝鹿也。從鹿，從牝省。」以「麚」為雄鹿，「麀」為雌鹿，與《爾雅‧釋獸》相同。顏師古《急就篇注》謂「牡者曰麚，牝者曰麀」，與《爾雅》釋義相同。在今天的生物分類法裡，鹿是偶蹄目反芻亞目中的一類，與牛、羊等動物不同。《文選》卷十八載東漢馬融〈長笛賦〉「寒熊振頷，特麚昏髟」，當中「麚」字便是公鹿之意。

---

19 〔英〕朱麗葉‧克拉頓-布羅克（Juliet Clutton-Brock）主編：《哺乳動物》（北京市：中國友誼出版社，2005年），頁338。

《新刻鐘伯敬先生批評封神演義》第三十八回「四聖西岐會子牙」
（明萬曆間金閶載陽舒文淵刊本）

接著便到「麐」。這種動物，雄性稱之為「麎」，雌性稱之為「麢」。[20]「麐」是今天的獐，雄獐稱之為「麎」，雌獐稱之為「麢」。《說文·鹿部》：「麢，麐也。从鹿，囷省聲。麐，籀文不省。」據此，知「麐」、「麢」、「麎」字義相同。麎或作獐，鄭玄注《周禮·考工記·畫繢》「山以章」句云：「齊人謂麎為獐。」今天，我們習慣稱此種動物為「獐」。獐是一種小型的鹿科動物。無角，四肢與脖子較長，後腿較前腿長，所以經常用兔子一般的跳躍方式前進。耳朵短小而圓。體重約十五至二十（雄獐十五、雌獐二十）千克，體長約一米。毛皮為棕黃色，幼鹿毛色較成年鹿深，為深棕色。不能不提的，還有成語「獐頭鼠目」。意思是腦袋像獐子那樣又小又尖，眼睛像老鼠那樣又小又圓。形容人相貌醜陋，神情狡猾。陸游〈夢入禪林有老宿方陞座〉云：「塵埃車馬何憧憧，麎頭鼠目厭妄庸；樂哉夢見德人容，巍巍堂堂人中龍。」（《劍南詩稿》卷五）獐頭鼠目是何等的讓人討厭，不管牠是雄或雌。

---

20 《爾雅》「麐：牡，麎；牝，麢」，郝懿行以為「麎」、「麢」二字倒逆，當作「牡，麢」、「牝麎」。郝氏云：「麢者，《詩》云：『麀鹿麌麌。』鄭箋用《爾雅》，孔疏云：『是麐牝曰麢也。』若然，鄭箋當云『麐牝曰麢』，今本作牡，字形之誤，因知《爾雅》古本作『麐牡麢、牝麎』，正與《詩》言『麀鹿』相合，今本麌麢互倒，於義乖矣，當據鄭箋訂正。唯《玉篇》云『麢，牝鹿也』，《廣韻·十一模》云『麢，牝麐也』，《群經音辨·七》引鄭義亦作『麢，鹿牝也』。『麢，麐牝也』，分明不誤，並與《詩》合，此說本之臧氏《經義雜記·廿七》，今取以正郭本《爾雅》之誤也。」郝說可參；惟今仍從《爾雅注疏》之舊。

鹿園圖

　　還有「狼」。據上引《爾雅》，雄性的是「獾」，雌性的是「狼」。《説文解字・犬部》：「狼，似犬，鋭頭，白頰，高前，廣後。从犬良聲。」《説文》沒有解釋「狼」是雄或雌，與《爾雅》直指「狼」為雌性稍異。狼類有一共同特徵──狼嚎，李時珍《本草綱目》卷五十一下〈獸之二〉云：「其腸直，故鳴則後竅皆沸。」郝懿行《爾雅義疏》云：「按今狼全似蒼犬，唯目縱為異，其腸直，故鳴則竅沸也。」叫聲如何與腸是否為直當然沒有關係，但是古人皆注意到狼的叫聲有著特別之處。狼嚎的原因有三：一是為了宣示自己的地盤，二是為了呼喚離群的同伴，三是為了加深同伴之間的關係。《爾雅》説雄性的狼是「獾」，在今天的生物分類裡，狼屬犬科，獾屬鼬科，二者絕對不是雌與雄的關係。

　　上引《説文解字》説「狼」似犬，在今天的生物分類法裡是正確的。狼的皮毛濃密，常呈灰色，但也能在幾乎全白到紅、褐和黑色間變化。狼的主要食物是大型有蹄類，如鹿、駝鹿、馴鹿和麋鹿，但也吃家畜、動物的腐肉和廢棄物等。《説文》沒有「獾」，只有「貛」，二者偏旁有異，但釋義相同，《説文・豸部》謂「貛，野豕也。从豸萑聲」。可是，「貛」在這裡解作野豬，雄性的狼也不可能是野豬吧。觀乎《爾雅》郭璞注、邢昺疏、桂馥《説文解字義證》卷二十九於「獾」、「貛」下俱無「獾」為雄狼之明證。[21] 今觀乎「獾」，其身體矮壯，腿短，

21　案：除《爾雅》外，諸經無「獾」或「貛」，則雄性的狼是否有此名，查無實證。

狼、狗獾（《古今圖書集成》）（一）

狼圖

| 狼、狗獾（《古今圖書集成》）（二）

狗獾圖

頭小而尖，頸短，四肢有力，尾短小。屬夜行性雜食動物，食物隨著季節的不同而改變，但主要以蚯蚓為食。總之，「玃」與「狼」在體態、習性上皆有所異，不應是同一物種的雌雄，前人解說或屬可商，未可盡信。

除了〈釋獸〉所載以外，《爾雅》尚載有不少雌雄異名之動物，僅列如下，以供參考，並見古人詞彙之豐富：

> 《爾雅·釋鳥》：「桃蟲，鷦。其雌鴱。」
> 《爾雅·釋鳥》：「鶠，鳳。其雌皇。」
> 《爾雅·釋鳥》：「鶛，鶉。其雄鶛，牝痺。」
> 《爾雅·釋鳥》：「鳥之雌雄不可別者，以翼右掩左雄，左掩右雌。」

首先，桃蟲即是鷦鷯，雄性名「鷦」，雌性名「鴱」。其次，「鶠」是鳳凰的別稱，雄性是「鳳」，雌性是「皇」（即「凰」）。再者，「鶛」是雄性鵪鶉，「痺」是雌性鵪鶉。

最後，有些雀鳥難辨雌雄，《爾雅》提出了一個好方法：「以翼右掩左雄，左掩右雌。」《詩·小雅·白華》「鴛鴦在梁，戢其左翼」句，鄭玄箋：「斂左翼者，謂右掩左也。鳥之雌雄不可別者，以翼右掩左雄，左掩右雌，陰陽相下之義也。」晉人張華《博物志》卷四云：「鳥雌雄不可別，翼右掩左，雄；左掩右，雌。」鄭玄、張華所言皆本《爾雅》。究竟《爾雅》作者為何會有這樣的認識呢，實在不得而知。《說文解字·手部》：「拱，斂

| 鶺鴒圖（《古今圖書集成》）

鶺鴒圖

手也。从手共聲。」段玉裁注：「凡沓手：右手在內，左手在外，是謂尚左手。男拜如是。男之吉拜如是，喪拜反是。左手在內，右手在外，是謂尚右手。女拜如是。女之吉拜如是。喪拜反是。」作揖的基本手勢是右手握拳，左手成掌，對右拳或包或蓋，這樣的作揖手勢是「吉拜」；反之，「右手成掌，左手握拳」則為凶拜，一般用於弔喪。女性的手勢和男性是相反的，左手握拳右手包於其上是「吉拜」。中國古代有重人精神，鳥獸不可與同群，故鳥類雄性是右掩左，雌性是左掩右，大或如是。回到現實，要鑑別禽類的雌雄並不容易，一般而言，今天主要利用三種方法加以鑑別，包括伴性遺傳鑑別法、肛門雌雄鑑別法、器械鑑別法等。徒以人眼觀測，似乎並不可行。

總括而言，中國古代字書就動物雌雄區分，井然有序，字詞豐富，雖然未盡科學，細意考之，卻是趣味盎然。

動物小時候

中國古代動物詞彙豐富，男女有別，大小有分。動物小時候有著怎樣的名稱，《爾雅》多有記載，且以《爾雅·釋蟲》、〈釋獸〉與〈釋畜〉為例，見其一二：

（1）不過，蟷蠰，其子蜱蛸。

（2）蟦，飛蟺，其子蚳。

（3）麋，其子，麌。

（4）鹿，其子，麛。

（5）麕，其子，麆。

（6）狼，其子，獥。

（7）兔子，嬎。

（8）熊，其子，狗。

（9）貍子，隸。

（10）貈子，貆。

（11）貒子，貗。

（12）貎，其子，穀。

（13）牛，其子，犢。

我們先看〈釋蟲〉裡所載的兩種昆蟲。「不過」的名字頗為奇

特，據《爾雅》記載，「不過」又名螳蠰，即螳螂，其幼子名為「蜱蛸」。當然，這個幼子並不是幼年的螳螂，蜱蛸指的是螳螂的卵塊。此因郭璞以為蜱蛸「一名蟳蟭，螳蠰卵也」，據此可知蜱蛸便是螳螂卵。又，郭璞注：「螳蠰，蟷蜋別名。」《說文‧虫部》：「蠰，螶蠰也。從虫襄聲。」「螶，螶蠰，不過也。從虫當聲。」「螶」與「螳」音義相同，只是部件所處位置有異，可

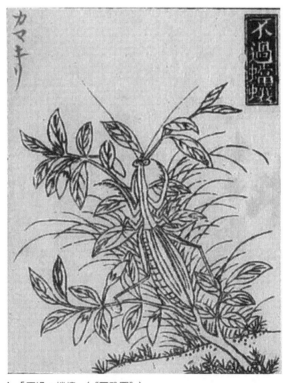

|「不過，螳蠰」（《爾雅圖》）

160

見《說文解字》同樣指出「不過」是螳螂的別名。《禮記‧月令》有「小暑至，螳螂生」之句，鄭玄注：「螳螂，螵蛸母也。」明確說明螳螂是「螵蛸」的母親。然則，「蜱蛸」究竟是螳螂的卵塊，抑或是其幼子，實未可知。

《爾雅‧釋蟲》云：「蟻，飛螘，其子蚳。」「蟻」是什麼呢？邢疏云：「有翅而飛者名蟻，即飛螘也。」可知「蟻」即飛蟻，是一種能飛的螞蟻，其卵塊稱之為「蚳」。羅願《爾雅翼》云：「蟻，飛螘。螘之有翅者，蓋柱中白螘之所化也。白螘狀如螘卵，凡斬木不以時，木未及燥而作室或柱礎，去地不高，則是物生其中，以泥為房，詰曲而上，往往變化生羽，遇天晏濕，群隊而出，飛亦不能高，尋則脫翼，藉藉在地而死矣。」這裡指出「蟻」是有翅能飛的螘，原為「柱中白螘所化」，在潮溼陰暗之時，「變化生羽」，並空群而出，到達棲息地後脫翼而死。羅願乃宋人，其對「蟻」的認識頗為正確。飛蟻乃白蟻的繁殖蟻種，當一群白蟻達到一定數量需要分巢時，工蟻隨即變種，長出翅膀，成為飛蟻，以便快速及安全地尋覓新的棲息地。到達新棲息地後，飛蟻即會脫去翅膀，產卵繁殖。至於「蚳」，所指當為蟻卵。《大戴禮記‧夏小正》云：「蚳，螘卵也，為祭醢也。」可知「蚳」是蟻卵，更可見古人以蟻卵製醬以供祭祀的情況。《說文‧虫部》：「蚳，螘子也。从虫氏聲。《周禮》有『蚳醢』。讀若祁。」與上文「蜱蛸」相似，「蚳」是蟻卵還是幼蟻，亦未可知。

《爾雅‧釋獸》有「麜」、「鹿」、「麢」等三種與鹿相關的

動物，跟上文「蜱蛸」與「蚔」截然不同的，乃是「麋」、「鹿」、「麇」皆哺乳類動物，其子「麆」、「麛」、「麚」皆不可能由卵所生出；因此，所言「其子」必然指「麋」、「鹿」、「麇」的幼仔。「麋」即今之所謂「麋鹿」，其幼仔稱為「麆」。鹿在今天是動物界裡的科名，乃脊索動物門哺乳綱偶蹄目鹿科的名字，而麋鹿與麇皆隸屬其中。小鹿斑比（Bambi）可能很多上了年紀的人都看過，今天我們看見一頭小的鹿，自必稱之為「小鹿」，「麛」是鹿的幼仔，才是真正的小鹿。至於「麇」，就是今天所說的獐。「麇」與「麋」音義俱同，《說文解字·鹿部》：「麋，麇也。从鹿，囷省聲。」獐的幼仔，過去原來也不稱小獐，而是稱為「麚」。《玉篇·鹿部》：「麚，麇子也。」直接說明「麚」即幼獐。再如「麋」，其幼仔為「麆」，《玉篇》謂「麆，麋子也」。《國語·魯語上》：「獸長麑麌。」韋昭注：「鹿子曰麑，麋子曰麌。」麋的幼仔「麆」出現在不少先秦兩漢典籍裡。麋俗稱「四不像」，曾經廣佈東亞地區，在二十世紀已基本上野外滅絕，在中國現存的是北京南苑皇家獵苑的孑遺。這也難怪我們已經不知道世上有「麆」了！

《爾雅·釋獸》又載有狼的幼仔，名為「獥」。《詩·齊風·還》「並驅從兩狼兮」句，正義引舍人曰：「狼，牡名獾，牝名狼，其子名獥。絕有力者名迅。」同樣指出了狼的幼仔名為「獥」。狼是哺乳綱食肉目犬科犬屬動物，雌狼每胎平均生產五到六隻幼狼。每胎幼狼數量愈小，其體形則較大。我們今天稱之為幼狼者，其實當名之為「獥」。

又《爾雅·釋獸》云：「兔子，娩。」幼兔名之為「娩」。《說文》作「嬎」，云：「嬎，兔子也。嬎，疾也。从女、兔。」這裡可見「嬎」字除了可以訓釋為「兔子」以外，也可以解釋為「疾」。郝懿行云：「嬎訓疾者，兔生子極易，恒疾而速，故兔血腦主胎產也。」為什麼幼兔稱之為「嬎」呢？原來「嬎」還可以解釋作快速之意。眾所周知，兔子的生育能力非常強，一胎能誕下七到十三隻小兔子，而且一年可以生產七次。因此，兔子的快速，主要見於其生產的過程上。這麼多的小兔子，據《爾雅》、《說文》的記載，稱之為「嬎」，循名責實，很有意思。

甲骨文「犬」字

小篆「狗」字

據《爾雅·釋獸》載，熊之子稱作「狗」。在今人眼中，這解釋有點不可思議。如果小熊稱之為「狗」，那麼小狗又可稱什麼呢？話說回來，此乃古漢語和現代漢語的差異。古漢語一般稱狗為「犬」，並不作「狗」。在甲骨文裡，「犬」是象形字，極像狗的樣子；甲骨文裡並沒有「狗」字。「狗」是形聲字，從「犬」，「句」聲，應當是先有「犬」字，「狗」字後起。《爾雅·釋畜》云：「未成毫，狗。」指出未生長出剛毛的便是狗，即小狗之意。因此，小「犬」亦稱為「狗」。此外，熊在哺乳綱食肉

目熊科，而「狗」在食肉目犬科，狼是犬科動物的一種，而熊非是。因此，稱熊子為「狗」在生物分類法裡實找不到依據。然而，「狗」帶有小的意思，故稱小熊為「狗」，在今天看來仍有其意義。

接下來，《爾雅・釋獸》載錄了以下三種動物的幼仔。「貍」、「貈」、「貒」的幼仔分別是「隸」、「貆」、「貗」。「貍」大抵即今人所言貍貓，郝懿行云：「今呼家者為貓，野者為貍，野貍即野貓也。」小貍貓可稱之為「隸」。「貈」即何物，較難猜度。《説文解字・豸部》：「貈，似狐，善睡獸。从豸舟聲。《論語》曰：『狐貈之厚以居。』」《説文》以為「貈」與狐貍相似，所謂「善睡」者，蓋晝伏夜出也。郝懿行謂「貈」即「貉」也。貉亦哺乳綱食肉目犬科動物，生活在山林中，晝伏夜出，以魚蝦鼠兔為食物，即「善睡獸」也。《詩・魏風・伐檀》「胡瞻爾庭有縣貆兮」句，鄭箋：「貉子曰貆。」大抵「貈」和「貉」二字相通，而「貆」乃其幼仔。讓我們再看看「貒」，其幼仔為「貗」。郭璞注：「貒豚也，一名貛。」這個注釋，帶來了許多疑問。「貒」是「貒豚」，與豚相似，《字林》云：「貒，獸，似豕而肥。」據此是「貒」的形態與豬相似而更胖。今所見動物裡有草原西貒，屬哺乳綱偶蹄目西貒科，生活在南美洲巴拉圭、玻利維亞及阿根廷的乾旱叢林裡。可是，郭璞又言「貒」的「一名貛」，而「貛」即「獾」，乃哺乳綱食肉目鼬科獾屬動物。「貒」與「貛」乃截然不同的兩種動物，何以有相同之處，實不可知。揚雄《方言》云：「貛，關西謂之貒。」或許乃不同地方的方言，

｜ 貙、貍、貔、豹（《爾雅圖》）

致使同一動物而有兩種稱呼，揚說可參。郝懿行云：「貔、豯疊韻，豯、豚雙聲兼疊韻，豯、貔同物，故古通名。」從古音入手，以證諸物相同，亦可參。「貗」是豩的幼仔，在早期的文獻裡，似乎沒有太多牠的蹤影。

《爾雅‧釋獸》載有「貘」及其幼仔「豰」。「貘」是何物，難以言詮。《說文解字‧豸部》：「貘，豹屬，出貉國。從豸㲋聲。《詩》曰：『獻其貘皮。』《周書》曰：『如虎如貘。』貘，猛獸。」《說文》的記載比較詳細，指出「貘」是豹屬猛獸，產自貉國，亦援引了《詩‧大雅‧韓奕》、《尚書‧牧誓》等書證。其實，即使經過《說文》的解釋，在我們今天看來，仍然不知道「貘」之所指。有謂「貘」即貘狖，則為傳說中之瑞獸而已，具體是什麼則沒有明確記載。貘的幼仔是「豰」，此字從「豕」，則「貘」本與「豕」或有所關聯。《說文‧豕部》：「豰，小豚也。從豕𣪊聲。」直指「豰」為小豬。試想想，如果「豰」是小豬，那麼作為父母的「貘」，可以不是大豬嗎？實在值得我們深思。

《爾雅‧釋畜》有「牛」之幼仔「犢」。相較前面所說的幾個動物小時候用字而言，「犢」字我們肯定接觸得最多。有云「初生之犢不畏虎」，以為剛出生的小牛對老虎毫不畏懼，很多時候用來比喻閱世不深的青年人敢說敢做，無所畏懼。又有「舐犢情深」，典出《後漢書‧楊彪傳》，謂「猶懷老牛舐犢之愛」，用以比喻父母疼愛子女之深情。《說文‧牛部》：「犢，牛子也。從牛，瀆省聲。」同樣指出「犢」即牛的幼仔。

對於動物的下一代，孔子、孟子皆曾發表意見，發人深

省。孔子説：「釣而不綱，弋不射宿。」（《論語・述而》7.27）孔子以為釣魚時不用大繩橫斷流水以取魚，用箭射鳥之時，不會射殺歸巢的鳥。「釣」是用魚鈎釣魚的意思，「綱」是魚網上的大繩子。孔子「釣而不綱」，是説孔子用釣鈎來釣魚，而不用大網捕魚。因為害怕將所有魚都撈光後，以後無魚可吃。此舉正是取物有節的表現，只捉大魚，不殺小魚，讓小魚有機會長大。同理，孔子不射殺還巢之鳥，乃出於不忍之心，不失於仁義之道。其實，雀鳥築巢多因生蛋育兒，如果射殺還鳥，那便會導致巢中幼兒無人照顧，性命堪虞。孟子同樣主張保護動物幼仔，維持生態平衡，其曰：

> 數罟不入洿池，魚鼈不可勝食也；斧斤以時入山林，材木不可勝用也。穀與魚鼈不可勝食，材木不可勝用，是使民養生喪死無憾也。養生喪死無憾，王道之始也。（《孟子・梁惠王上》1.3節錄）

孟子提及了王道開始時的社會環境，而這個環境在今天看來是維護生態平衡的關鍵。首先，孟子以為如果不用細密的魚網到大池沼捕魚的話，那麼魚類便會吃之不盡。不用細密的網捕魚，為的是使小魚有成長的機會，他日便可變成大魚，供人食用。其次是伐木。孟子以為如果砍伐樹木有一定的時間，木材也會用之不盡。按時伐木，也就表明只砍伐樹齡足夠，可供砍伐的樹木。如果連幼小的樹木也砍伐的話，將來便沒有木材可

用。要如何實踐孟子所言的「王道」並不容易，但是保護我們自己的環境，這個應該是每個政府都要為老百姓所做的事。

　　字書裡豐富的動物幼仔詞彙，代表了古人觀察的細緻，以及對動物的重視。人類的繁衍，全仗對下一代的悉心栽培，即從字書之中，也可以體察古人對大自然的看法，可供今人借鑒。

從賈誼到哈利波特——中西文化裡的貓頭鷹

　　不祥與智慧，如何可以混為一談，中西文化裡的貓頭鷹便是這樣的一種動物。

梟（《說文解字》）

鴞（《說文解字》）

　　今天，鴞、梟、貓頭鷹，是鴞形目的鳥類。這幾個字的意義不盡相同，讓我們先看看字書裡的記載。《說文解字·木部》：「梟，不孝鳥也。日至，捕梟磔之。从鳥頭在木上。」據《說文》之意，梟是一種不孝的鳥；因此到了夏至當天，捕捉梟鳥並處以磔刑，頭及肢體掛於樹上。這描述裡的獵人固然可怕，但更重要的是梟有不孝的元素。梟為什麼會不孝呢？傳說牠在羽翼長成後，會食母而飛。北齊劉晝《新論》卷九〈貪愛〉云：「炎州有鳥，其名曰梟，嫗伏其子，百日而長，羽翼既成，食母而飛。」根據《新論·貪愛》如此的描述，梟是相當可怕的，牠會在出生百日，羽翼而成以後，便將生母吃掉。明人張自烈《正字通·木部》便說：「梟，鳥生炎州，母嫗子百日，羽翼長，從

母索食，食母而飛。關西名流離。又土梟，鷹身貓面，穴土而居。」我們知道貓頭鷹以其他動物為食，包括昆蟲、蚯蚓、蛙、蜥蜴、小型鳥類和哺乳動物等。鳥類也會出現一胎數隻兄弟互相殘殺的情況，但「食母而飛」，實屬不可思議。畢竟雛鳥需要母親照顧，貓頭鷹從孵化後約一年，即可成長達到性成熟，便可以生育繁殖了。然而，一些較大的物種，可能要到第二年或第三年，才能開始繁殖。是以百日便將母鳥吃掉，自不可能。幼鳥依靠母鳥餵哺，如果貓頭鷹在百日之大即吃掉母鳥，雖然解決了一頓，只會引起更多的問題，未免稍微脫離事實。

　　鴞，《說文解字·鳥部》亦有解說：「鴞，鴟鴞，寧鴂也。從鳥号聲。」這裡的鴞與梟相似，讀音亦相同。在中古音裡，鴞屬云母宵部，梟屬見母蕭部，高亨《古字通假會典》以為二字可以相通。《說文》裡的「鴟鴞」，自然也就是曹植〈贈白馬王彪〉裡的「鴟梟鳴衡軛，豺狼當路衢」的「鴟梟」。觀乎《說文》作「鴞」而曹詩作「梟」，則二字可以相通亦可考見。《說文》所言「寧鴂」，本乎《爾雅》。《爾雅·釋鳥》云：「鴟鴞，鸋鴂。」《詩·豳風·鴟鴞》「鴟鴞鴟鴞」，《毛傳》云：「鴟鴞，鸋鴂也。」《爾雅》多據《詩》《書》文本釋義，此處《毛傳》實本乎《爾雅》以釋〈豳風〉之文。結合揚雄《方言》，則知「鸋鴂」當為鴟鴞的一種說法，《方言》卷八云：

　　桑飛，自關而東謂之工爵，或謂之過鸁，或謂之女鷗。自
　　關而東謂之鸋鴂。自關而西謂之桑飛，或謂之懱爵。

據此，是「桑飛」乃共同語，「鶄鳩」為關東方言。要注意的是，我們今天說「梟」、「鴞」或是一物，皆屬鴞形目的鳥類，但古人所釋不盡相同。陸璣《毛詩草木鳥獸蟲魚疏》卷下云：

> 鴟鴞，似黃雀而小，其喙尖如錐，取茅莠為巢，以麻紩之如刺襪。然縣著樹枝，或一房或二房，幽州人謂之鶄鳩，或曰巧婦，或曰女匠。關東謂之工雀，或謂之過羸，關西謂之桑飛，或謂之襪雀，或曰巧女。

據此書所釋，鴟鴞比黃雀更小。今天所見鴞形目鳥類，大者如鵰鴞體長可達九十釐米，小者如東方角鴞體長不及二十釐米。至於黃雀，體長約為十二釐米，因其雄鳥上體淺黃綠色，雌鳥上體微黃有暗褐條紋而得名。然較諸最小的東方角鴞而言，黃雀還是比較細小的，故陸璣所言究為何物仍未可知。

除「梟」和「鴞」外，還有「鵩」。西漢初年，洛陽少年賈誼嘗於文帝朝任大中大夫，甚得文帝喜愛。惜其時老臣如周勃、灌嬰等，以為賈誼專欲擅權，漸生不滿而讒之，文帝後亦疏遠賈誼，貶其為長沙王太傅。至長沙，因見其地卑濕，自以為壽不得長，乃作賦以自我排遣。此賦即為傳頌千古的〈鵩鳥賦〉。〈鵩鳥賦〉之緣起，皆因一隻不祥之鳥──「鵩」，飛進賈誼府宅。在《史記》、《漢書》、《文選》俱載此賦，賦文前有一段小序性質的文字，其記載卻不盡相同。今排比對讀如下：

| 鵰鵙、鵰（《古今圖書集成》）（一）

鵰鵙圖

| 鵰鵙、鵰（《古今圖書集成》）（二）

鵰圖

《史記》	有鵩　飛入賈生舍，止于坐隅。
《漢書》	有服　飛入　誼舍，止於坐隅。
《文選》	有鵩鳥飛入　誼舍，止於坐隅，

《史記》	楚人命鵩曰「服」。
《漢書》	服似鵩，不祥鳥也。
《文選》	鵩似鵩，不祥鳥也。

《史記》説有「鵩」飛入賈誼府第，坐在賈誼身旁，而楚人將鵩命名為「服」，則作「服」者為楚語。《漢書》不作「鵩」，改作「服」，並強調「服似鵩」，既言「似」，即二者並不相同。《文選》所載此賦與《漢書》較近，謂之為「鵩」。如果鵩是今天的貓頭鷹，則「鵩」是貌似貓頭鷹的一種不祥之鳥。由是觀之，《史記》與《漢書》、《文選》的見解並不一致。

　　《史記》三家注有就「鵩」字作解説，詳情如下：首先，裴駰《集解》引晉灼云：「《異物志》有山鵩，體有文色，土俗因形名之曰服。不能遠飛，行不出域。」此處《異物志》或即譙周《巴蜀異物志》，其謂山鵩軀體有紋色，巴蜀一帶稱之為「服」；此鳥不能遠飛，不出所在地域。其次，司馬貞《索隱》引鄧展説「似鵑而大」，復引《巴蜀異物志》之説；又引《荊州記》，指出「巫縣有鳥如雌雞，其名為鵩，楚人謂之服」。即此鳥在荊州巫縣，狀如雌雞，命名為「鵩」，其楚名則為「服」。再引《吳錄》云：「服，黑色，鳴自呼。」以此鳥為黑色，叫聲為服。張

守節《正義》云：「鴞，大如斑鳩，綠色，惡鳥也。入人家，凶。」（《史記會注考證》所引）指出「鴞」之大小與斑鳩相若，乃綠色之惡鳥；如飛入人家，則為凶。試結合《史記》三家注的說法：「鴞」是此鳥的通名，在楚地則稱之為「服」；其顏色或為黑色，或為綠色；不能遠飛，大小與斑鳩相若，稍大於鵲；其叫聲為「服」，乃惡鳥，如果飛入人家，則會帶來凶事。又，《周禮・秋官・硩蔟氏》「掌覆夭鳥之巢」，鄭注：「夭鳥，惡鳴之鳥，若鴞鵩。」以為「鴞」、「鵩」二鳥俱夜為惡聲者。「鴞／鵩」似與今天所言貓頭鷹稍有不同，此因「鴞／鵩」體積只如斑鳩、雌雞般大小，且不能遠飛。然而，今所見「斑頭鵂鶹」，即一種無角羽的貓頭鷹，卻與賈誼所見「鵩」頗為相近。

細考之，「斑頭鵂鶹」體形較小，頭有斑紋，符合上文所謂斑鳩之類的描述。又，此種可在白天活動，與夜行性的大部分貓頭鷹稍有不同。在《史記》三家注的說法裡，注釋家及其所引典籍均無指出「鴞／鵩」是否夜行性動物，則此鳥或在白天活動，亦未可知。

《山海經》裡亦可見「鴞」的蹤影，如黃山有鳥「其狀如鴞」、白於之山則是「其鳥多鴞」、崦嵫之山之鳥「其狀如鴞而人面」，雖然未有直接出現「鴞」的描述，但以鴞入文之例仍然在在可見。

| 《毛詩名物圖說》所載「鴞」

在上文賈誼〈鵩鳥賦〉的對讀裡，可見「服似鴞」云云。《漢書》多沿襲《史記》舊文，而此部分的描述卻不盡相同，《史記》強調楚人命「鴞」曰「服」，則「服」為楚語。《漢書》、《文選》以「鵩」與「鴞」相似，並強調二者皆不祥之鳥。此三書重點有所不同。姑勿論「鴞」與「鵩」是否相同，二者皆為不

斑頭鵂鶹
來自維基百科

受歡迎之惡鳥。自古文人好以鴟鴞喻奸佞小人，難免令人聯想到〈鵩鳥賦〉中的鵩是否暗有所指，其中「野鳥入室，主人將

| 人面鴞（《山海經》蔣應鎬本）

去」二句，與呂后之女主干政，妨礙劉姓漢室的主人地位，又似有暗合之處。鴞、梟為惡鳥，劉向《說苑‧談叢》云：

> 梟逢鳩。鳩曰：「子將安之？」梟曰：「我將東徙。」鳩曰：「何故？」梟曰：「鄉人皆惡我鳴，以故東徙。」鳩曰：「子能更鳴可矣，不能更鳴，東徙猶惡子之聲。」

在故事裡，梟遇上了鳩，其時梟將東遷，因當地人皆惡其鳴聲。鳩以為除非梟能改其鳴聲，否則即使東徙以後，東邊之人仍會厭其鳴聲。梟之不受歡迎，在在可見。

中國人長期視梟、鴞為惡鳥，其實亦有例外。《嶺表錄異》卷中載中國北方人視之怪異，南方人則豢養為食鼠益禽，其云：「北方梟鳴，人以為怪，共惡之。南中晝夜飛鳴，與鳥鵲無異。桂林人羅取，生鬻之，家家養，使捕鼠，以為勝狸。」南北文化有所不同，此為一例。桂林人不單止不怕「野鳥入室，主人將去」，更加豢養梟，以之捕鼠，以為更勝狸。

至於西方文化，更與中國迥異。在英語中，"owl"（貓頭鷹）一詞屬於擬聲詞，來源於拉丁語，原指哀傷的哭叫聲，今代表了貓頭鷹的啼叫聲。在古希臘與古羅馬文化中，史前文明時代的貓頭鷹是死亡與再生女神。在奧維德（原名普布利烏斯‧奧維修斯‧納索Publius Ovidius Naso，此乃筆名Ovid）《變形記》（*Metamorphoseon libri*）裡，貓頭鷹專門帶來不祥預兆；在維吉爾（Publius Vergilius Maro）《埃涅阿斯記》（*Aeneid*）

裡，腓尼基公主自殺前，貓頭鷹在屋頂上哀鳴；在英國中世紀詩人喬叟（Geoffrey Chaucer）《百鳥會議》（*The Parliament of Fowls*）裡，貓頭鷹是死亡的隱喻。這些都與中國的描寫比較接近，貓頭鷹乃是惡鳥。至於古希臘與羅馬神話裡，貓頭鷹搖身一變成為了智慧女神雅典娜的聖鳥，站在她的肩膀上，也是她的象徵。在《伊索寓言》與《格林童話》裡，象徵智慧的貓頭鷹屢屢出現，民間還生成了"as wise as an owl"（像貓頭鷹一樣聰明）的習語。[22] 在西方文化裡充滿智慧的貓頭鷹，不能不提英國小說家羅琳（J.K. Rowling）的作品——《哈利·波特》（*Harry Potter*）。在小說裡，貓頭鷹是連接魔法世界和現實世界的重要輸紐，牠們擔任著傳遞信件、包裹，甚至是「魔法飛天帚光輪2000」等重要物品的任務。小說主角哈利波特的貓頭鷹是海格（Rubeus Hagrid）送給他的生日禮物，是一隻雪鴞（Snowy Owl）。在現實生活裡，雪鴞全身雪白，非常漂亮。體長在五十五到七十釐米之間，屬於體形較大的貓頭鷹。雪鴞廣佈在整個北極圈周圍的凍土地帶。在小說的魔法世界裡，貓頭鷹和魔法師之間有著神秘的聯繫，是魔法師的信使、忠實的夥伴。此因貓頭鷹有敏銳的觀察能力和傑出的記憶力，能夠幫助主人記著複雜的魔法配方和咒語。

　　在我們看來，貓頭鷹可能是惡鳥，大抵因其晝伏夜出，以

---

22 參自吳志英：〈貓頭鷹在英漢語中的文化內涵及某些習慣表達與翻譯〉，載《語言應用研究》第 6 期（2015 年），頁 152-153。

及捕殺獵物的習性使然。另一方面，因其凶悍的本性，貓頭鷹亦難以成為人類的寵物。可是，貓頭鷹在西方文化裡代表了智慧，更可以成為人類的好夥伴，這畢竟代表了中西文化意涵的迥異。

豺狼當路衢與土地之神──漫談中西豺文化

同一樣的動物，在中外古今的文化裡可能賦予了不同的意義。

豺是犬科豺屬至今唯一倖存的動物，在中國傳統典籍的記載裡經常都不懷好意。《爾雅·釋獸》云：「豺，狗足。」郭璞注：「腳似狗。」《説文解字·豸部》：「豺，狼屬，狗聲。从豸才聲。」今天，豺是犬科豺屬的動物；《説文》謂之狼屬。其實豺屬、狼屬俱為犬科。《説文》分類更有意思的是，豺更多時候與「狼」一起出現；我們也會稱之為「豺狼」。清人郝懿行是動物學專家，其《爾雅義疏》云：

> 《説文》：「豺，狼屬，狗聲。」〈夏小正〉：「十月豺祭獸，善其祭而食之也。」高誘《呂覽·季秋紀》注：「豺，獸也，似狗而長毛，其色黃，於是月殺獸，四圍陳之，世所謂祭獸。」《一切經音義》引《倉頡解詁》云：「豺似狗，白色，爪牙迅利，善搏噬也。」《埤雅》云：「豺，柴也」，又曰「瘦如豺」，是矣。按豺瘦而猛捷，俗名豺狗，群行，虎亦畏之。〈牧誓〉云「如熊如羆」，《史記》引作「如豺如離」，其猛可知。

郝氏所言，至為豐富，讓人細味，當中包括了對豺的外形和生活習性的描述。首先是豺祭獸的情況。中國古代有二十四節氣，其中有所謂霜降者。霜降之中以五天為一個單位，十五天共分為三候：一候豺乃祭獸；二候草木黃落；三候蜇蟲咸俯。霜降是秋季的最後一個節氣，之後就是立冬，立冬即意味著冬季的到來；霜降時，豺狼開始大量捕捉獵物，捕多了吃不完的就放在一邊，就人類的目光而言，仿如「祭獸」。東漢高誘所言「於是月殺獸，四圍陳之」，正是「豺祭獸」的意思。豺是成群活動的食肉動物，牠們會捕獵動物，準備過冬。《倉頡解詁》謂豺「爪牙迅利，善搏噬也」，這是豺所以善於捕獵的重要原因。在圍獵之時，豺先用利爪把獵物的眼睛抓瞎，跟其他狗類不同，豺的指爪不但鋒利，而且還帶有倒刺。獵群中的豺會跳上獵物的背部，然後用利爪掏出獵物的腸子。場景還是相當血腥恐怖的。至於《埤雅》等所引，指出豺很瘦，郝氏後來補充説，豺雖瘦而敏捷。由於習慣群居，所以即使面對老虎也不害怕，甚至可以依然發動攻擊。至於郝氏此文最後引及《尚書‧牧誓》與《史記‧周本紀》的比較，則衍生出其他問題，且先排比對讀二書所引如下：

《尚書》　勗哉夫子！尚桓桓，如虎如貔，如熊如羆，
《尚書》　于商郊。
《史記》　勉哉夫子！尚桓桓，如虎如羆，如豺如離，
《史記》　于商郊。

古國順《史記述尚書研究》只是說此段《史記》「亦多迻錄原文」。可是，《尚書》原文是「熊」，何以到了《史記》會變成「豹」，可能牽涉更為複雜的問題。段玉裁《古文尚書撰異》指出前者用的是古文本，《史記》所據的是今文《尚書》。值得注意的是，無論是今文還是古文，漢代其他典籍所引俱無作「如

| 豹，狗足（《爾雅圖》）

豻」者,則司馬遷何以在迻錄原文之時,卻又逕作更改,實不可知。當然,如果純就動物的凶悍與凶殘而論,《史記》所列的虎、羆(似熊,黃白文)、豻、離(通作「螭」,即蛟),或較《尚書》原有的更勝一籌。

至於在外形的描述上,郝氏所言亦可足參考。高誘說是「似狗而長毛,其色黃」,《倉頡解詁》則說是「似狗」、「白色」,二者所言稍有差異。今所見豻,一般頭部、頸部、肩部、背部,以及四肢外側等處的毛色為棕褐色,腹部及四肢內側為淡白色、黃色或淺棕色,大抵並沒有全身是白色的。因此,《倉頡解詁》所言者存疑。反之,狼可以幾乎全身白色;可見古人對於「豻」和「狼」頗易混淆。

豻與狼是兩種動物,不當輕易混為一談。其實二者的毛色、耳朵的形狀等還是不太相同的,如上文所言,豻主要為棕褐色,而狼則常呈灰色,但也能幾乎全白到紅、褐和黑色間變化。至於耳朵,豻的耳朵短而圓,狼耳則豎立,形態相異。豻是最強的犬科動物,也是最凶殘和靈活的犬科動物,體形雖小於狼,但是戰鬥力比狼為高。但在傳統文獻裡,「豻狼」每多合稱,似乎不可分離,代表的是凶殘的動物。最著名的豻狼,自然是《孟子·離婁上》所載的那一頭:

淳于髡曰:「男女授受不親,禮與?」

孟子曰:「禮也。」

曰:「嫂溺,則援之以手乎?」

> 曰：「嫂溺不援，是豺狼也。男女授受不親，禮也；嫂溺，
> 援之以手者，權也。」

淳于髡是齊國的辯士，當時之禮，男女不可親手遞接東西，問及孟子，孟子以之為然。淳于髡接著提出難題，謂嫂嫂遇溺，男子應該以手援之嗎？說到這裡，豺狼便出現了。孟子以為如果嫂嫂遇溺也不施以援手，那便等同豺狼。禮固然要遵守，但也有行權的時候。「豺狼」二字同出，象徵不仁，此為顯例。其實，豺與狼皆是群居動物，喜歡集體圍攻覓食。在牠們的族群之內，豺和狼的群居階級性頗強，其凶殘大抵只能體現在捕獵之時。《說苑・尊賢》：「今有人不忠信重厚而多知能，如此人者，譬猶豺狼與，不可以身近也。」《文子・上義》：「夫畜魚者，必去其蝙獺，養禽獸者，必除其豺狼，又況牧民乎！」這些典籍裡的「豺」和「狼」都走在一起，同樣代表了惡貫滿盈的事情。

　　曹植〈贈白馬王彪〉寫於黃初四年（223），內裡的豺狼也很著名。是年五月，曹植和白馬王曹彪（異母弟）、任城王曹彰（同母兄）同到洛陽朝會。曹彰暴死，曹植和曹彪在七月初回封地，二人本來打算同路而行，但是朝廷派出監國使者強迫他們分道。曹植悲憤不已，因而寫下此詩贈予曹彪。其中有「鴟梟鳴衡軛，豺狼當路衢」二句，前句的「鴟梟」是不祥之鳥，「衡」是車轅上的橫木，「軛」是衡兩旁下面用以扼住馬頸的曲木。這句比喻小人在皇帝身邊搬弄口舌。後句用了「豺狼」，豺狼當道

意即受小人阻隔。大抵亦意味著兄弟之間有小人壅塞言路，致使兄弟隔閡。曹操在生之時，在長子曹昂死後，曾為立儲之事猶豫不決，曹植更「幾為太子者數矣」（《三國志》語）。可是，曹植還是因為幾次過錯，最終令到曹操只能立曹丕為太子。曹操死後，曹丕繼位，曹植與兄長二人愈走愈遠。曹丕一直迫害曹植，不單殺掉曹植之黨羽，更一再遷徙曹植之封地以嚴加監視。其實，即使沒有小人作梗，曹丕仍然視曹植為心腹大患，一直猜忌。因此，在二人之關係中，豺狼是否當道並不重要，或許，只有才高八斗之曹植才覺得因有小人才得與兄長分離。

在唐詩裡，「豺狼」更是習見動物，經常阻塞道路，望之令人生厭。王績〈薛記室收過莊見尋率題古意以贈〉有「豺狼塞衢路，桑梓成丘墟」之句，豺狼仍在陸地；高適〈登百丈峰〉「豺狼塞瀍洛，胡羯爭乾坤」，則豺狼之勢力已經蔓延至水中（瀍水、洛水）。詩聖杜甫喜用「豺狼」入詩，使用超過十次，其中在〈哀王孫〉裡，「豺狼在邑龍在野」句的「豺狼」所指的是安祿山，「龍」是唐天子。鵲巢鳩占，安史之亂時，天子出逃，賊人占據首都長安。豺狼從未有實指的小人、壞人，一躍進化而成鼎鼎大名的安祿山。蔡夢弼注：「豺狼，喻盜賊；龍，喻天子。豺狼在邑，言盜賊得勢；龍在野，言天子失所也。」仇兆鰲《杜詩詳注》在篇題「哀王孫」之注釋明確指出占據長安的賊人與落荒而逃的天子。詩聖不免提升了豺狼的層次。

在白居易《新樂府‧天可度》裡「勸君掇蜂君莫掇，使君父子成豺狼」，運用了尹吉甫兒子伯奇將後母身上毒蜂趕走的典

故，即使親如父子也可以變成豺狼一樣。王昌齡〈詠史〉之豺狼更是「天下盡兵甲，豺狼滿中原」，壞人如麻，所指已不是一二小人。戰火連綿，唯有離開才是出路。

細考「豺狼」二字，當是並列結構詞語。並列結構詞語是由兩個意義相同、相近、相關或相反的詞根並列組合而成的，這兩個詞根的前後順序一般不能隨意調換，如「豺狼」不能說成「狼豺」。實際上我們會說「豺狼」的時候是看到了「豺」；看見「狼」的時候只會說「狼」。因此在兩字之中，釋義上實際是偏向了前者。無論如何，豺代表了凶殘、小人等負面意思。

可是隨著時代發展，中國古人對豺的認識多了，形象也逐步轉變，改邪歸正。在宋代王安石《字說》裡，其云：「豺，柴也。豺體細瘦，故謂之豺。豺能勝其類，又知祭獸，可謂才矣。」（王安石《字說》已佚。此據張宗祥輯本。）明代李時珍《本草綱目・獸部》因謂「故字從才」。這裡帶出了兩種釋讀「豺」字的方法；首先，「豺」與「柴」同音，因豺之體瘦如柴而讀為豺，此乃通假；其次，因豺有勝乎其類，以及捕獵祭獸之才，故字從才，此乃會意兼聲。豺的聰明才智，還彰顯在明代劉基《郁離子・豺智》裡：

> 郁離子曰：「豺之智其出於庶獸者乎？嗚呼，豈獨獸哉，人之無知也亦不如之矣！故豺之力非虎敵也，而獨見焉則避，及其朋之來也則相與掎角之。盡虎之力得一豺焉，未暇顧其後也，而掎之者至矣，虎雖猛其奚以當之？長平之

役，以四十萬之眾投戈甲而受死，惟其智之不如豻而已。」

這裡對豻的歌頌，實為極至。此外，更見劉基對豻的生活習性的認識。劉氏以為豻的智慧不單是出於眾獸，更是超越人類。因豻自知獨鬥不如虎，故必待同伴到來方始夾擊。老虎只能全力撲擊一豻，無暇後顧，群豻便可以背後攻擊了。老虎雖然凶悍，但卻不可抵擋群豻，劉基想表明的是豻靈活變通的能力。故事本身是寓言，說的是戰國時候趙將趙括只會夸夸其談，紙上談兵，智慧不如豻。因此，讀書雖然重要，貴在能靈活運用。誠如前文所言，豻善於群捕圍獵，能夠合作，相較單打獨鬥之動物，豻實在是出類拔萃。

從古代中國走到古埃及，同是四大文明古國，豻的遭遇完全是另一回事。在古埃及，賽特（Set，也作Seth、Setekh等），又名西德，是力量、戰爭、風暴、沙漠、外國之神。賽特乃蓋布（Geb或Keb或Seb）與努特（Nut或Nuit）之子，奈芙蒂斯（Nephthys）之丈夫，九柱神之一。賽特與妻子誕下阿努比斯（Anubis）和凱貝特。在形象上，賽特乃豻頭人身之神祇，有長方形的耳朵和彎曲凸出的長嘴。因屬遠古，有人以為賽特的形象實際上為土豚（aardvark）。除了豻和土豚以外，賽特有時甚至會被描刻為羚羊、驢、鱷魚或河馬之頭。在古埃及聖體書裡，賽特用以下幾個符號表達：

這幾個符號之中，那走獸明顯便是豺。根據希臘歷史學家希羅多德《歷史》的說法，賽特最初是柏柏爾人（西北非洲之部落）所崇拜的神祇。更有人將賽特等同柏柏爾人的海神波塞冬。賽特擁有神秘的力量，在其中一部金字塔文本裡，便闡述了法老的力量就是賽特的力量。

　　賽特經常與天神荷魯斯（Horus）相對比。荷魯斯的形象是隼頭人身，其眼睛為太陽與月亮。由於荷魯斯是天神，因此賽特又作為土地之神。天與地，隼與豺，也是有趣的對比。曾經，在公元前三千年時，賽特取代荷魯斯成為法老的守護神；可是，後來賽特謀殺兄弟的傳說愈演愈烈，形象不正面，荷魯斯又重新回到法老守護神的崗位上。

| 賽特（Set）

豺狼當路衝與土地之神——漫談中西豺文化

在古埃及文化裡，豺是充滿智慧的。賽特代表了眾多的神靈；可是，今天的豺本身卻不見於非洲大陸，而只見於東亞、南亞和東南亞，主要生活在熱帶、溫帶的山地森林。然則古埃及的賽特，是否代表了豺曾經生活在非洲大陸的證據呢？賽特的兒子是阿努比斯，乃冥界之王、亡者的守護者、防腐之神，以及冥界判官。阿努比斯的形象是胡狼頭而人身，與賽特有所分別。胡狼（jackal）乃犬科動物，在非洲、亞洲、歐洲皆可見其蹤影。胡狼雖然有時亦稱豺狼，但正如上文所言，「豺狼」所指其實更偏向「豺」，與此所言胡狼有所不同。犬科以下，胡狼乃犬屬，豺乃豺屬，雖然相近，但當為二物。

由於豺在中國傳統文化裡長期被視為害獸，加之以居住環境受到破壞，數量逐漸減少，處於瀕危狀況。豺現在位列「國際自然保護聯盟瀕危物種紅色名錄」的瀕危物種。其實，豺只是圍捕獵物覓食，性無善亦無不善也。人類也不應該將自己的善惡標準加諸動物之上。很多時候，每一物種都是食物鏈裡關鍵的一部分，某一物種的滅絕，可以造成生態系統的不穩定，並可能最終導致整個生態系統的崩解。孟子筆下有「蛇龍居之」、「園囿、汙池、沛澤多而禽獸至」之句，動物似乎曾經侵占了人類的美好家園。人類要如何才可以與動物共融，在古今中外都是一門高深的學問。

絕筆於獲麟

傳說中的動物，總是教人著迷。

麟是什麼動物呢？《春秋・哀公十四年》：「十有四年春，西狩獲麟。」《左傳》：「十四年春，西狩於大野，叔孫氏之車子鉏商獲麟，以為不祥，以賜虞人。仲尼觀之，曰：『麟也。』然後取之。」《春秋》是魯國史書的名稱，孔子晚年整理魯國歷史材料，始自魯隱公元年，止於哀公十四年。後人亦以「春秋」作為這個時代的名稱。其時，魯國叔孫氏的御者鉏商獵得麟，以為不吉利，賞賜給掌管山澤苑囿田獵的官員。麟是神靈之物，在太平盛世才會出現，但當時正逢亂世，出非其時，孔子將此事記錄下來以後，就終止了《春秋》的寫作。楊伯峻《春秋左傳注》解釋這段文字，其曰：

> 《公羊傳》且云：「西狩獲麟，孔子曰：『吾道窮矣。』」麟即麒麟，何法盛《徵祥說》：「牡曰麒，牝曰麟。」《說文》本《公羊》，謂為仁獸。《爾雅・釋獸》作「麐」，云：「麇身，牛尾，一角。」然中國實無此獸，今非洲有名奇拉夫（Giraffa）之長頸鹿，有人疑即古之麒麟。

楊氏指出「中國實無此獸」，而《爾雅・釋獸》作「麐」，其特

徵是有鷹的身體、牛的尾巴、有一角。此外，「西狩獲麟」之「麟」可能是雌性的；雄性的稱為「麒」。考諸中國無此動物，楊氏推斷當是行走於非洲大陸的長頸鹿。先不論長頸鹿是否真的是古代的麟，我們且來看看字書裡的記載，《説文解字・鹿部》有以下三字：

> 麟，大牝鹿也。从鹿粦聲。
> 麒，仁獸也。麇身牛尾，一角。从鹿其聲。
> 麐，牝麒也。从鹿吝聲。

根據《説文》所言，「麟」是體形龐大的雌鹿；「麒」是仁獸，鹿身而牛尾，獨角，當是雄性；「麐」是雌性的麒。郝懿行云：「麐，經典通作麟。」可知「麐」即「麟」，二字音義相通。比合而論，「麒」為雄性，「麟／麐」為雌性。沈約《宋書・符瑞中》則有以下記載：

> 麒麟者，仁獸也。牡曰麒，牝曰麟。不剢胎剖卵則至。麐身而牛尾，狼項而一角，黃色而馬足。含仁而戴義，音中鍾呂，步中規矩，不踐生蟲，不折生草，不食不義，不飲洿池，不入坑穽，不行羅網。明王動靜有儀則見。牡鳴曰逝聖，牝鳴曰歸和，春鳴曰扶幼，夏鳴曰養綏。

這裡的「麒麟」相當神化。除了與前人相同的論述以外，《宋書》

裡的「麒麟」還附會了許多道德意味在其中。號為「仁獸」不
在話下，更是「含仁而戴義」。其仁德之極，「不刳胎剖卵」，「不
踐生蟲，不折生草，不食不義」，簡直是瑞獸界的伯夷、叔齊。
但最重要的是，這段文字裡有著具體的外形描述，讓我們可以
案圖索驥，尋找麒麟的身影。據上文，麒麟是「麕身而牛尾，
狼項而一角，黃色而馬足」，其中「麕身而牛尾」，與《説文》
釋「麒」之釋義相同。麒麟還有狼的脖子，且有單角；最重要
的，是「麒麟」有著黃色的軀體，其腳則如馬，似乎與今天所

見長頸鹿相類。又，同一物種的雄性（牡）和雌性（牝）各有專稱，也體現了古代漢語詞彙的豐富多姿。

　　因「獲麟」而輟筆的不止是孔子，還有司馬遷。司馬遷乃西漢人，撰有《史記》一書，內裡包括軒轅黃帝至於漢武帝在位期間共三千年之史事。司馬遷的偶像是孔子，其父司馬談臨終前，希望兒子能夠繼承孔子編纂《春秋》之精神。在《史記・太史公自序》裡，司馬遷指出《春秋》可以「上明三王之道，下辨人事之紀，別嫌疑，明是非，定猶豫，善善惡惡，賢賢賤不肖，存亡國，繼絕世，補敝起廢，王道之大者也」。這種寓褒貶於敍事之中的《春秋》精神，深深啟發了後世史家。由是觀之，《春秋》實在是量度古代事物的準繩，而《史記》同樣以此

｜　長頸鹿（筆者攝於美國洛杉磯動物園）

為己任。《漢書‧武帝紀》記載漢武帝:「元狩元年冬十月,行幸雍,祠五時。獲白麟,作〈白麟之歌〉。」這裡的「麟」,唐人顏師古注:「麟,麇身,牛尾,馬足,黃色,圓蹄,一角,角端有肉。」顏師古的解說與《爾雅》、《宋書》皆有所近。總之,漢武帝在位時又出現了一次「麟」。誠如上文所言,麟應該見於太平盛世,孔子因為出非其時,故絕筆《春秋》。司馬遷生於漢武盛世,國力鼎盛,理應不覺其非。可是,《史記》乃是司馬氏一家之言,要見盛觀衰,原始察終,漢武帝窮兵黷武,極度奢華,已為盛世埋下危機。司馬遷知之,故武帝獲麟,史遷絕筆。《史記‧太史公自序》:「於是卒述陶唐以來,至于麟止。」《史記》載事下限便是武帝獲麟之時。李長之《司馬遷之人格與風格》以為「司馬遷是能夠為一個偉大人物的心靈拍照的」,他以孔子為榜樣,代表《史記》所帶出的也是《春秋》微言大義的精神。

麒麟是中國古代傳說中的動物,《禮記‧禮運》說:「何謂四靈?麟、鳳、龜、龍謂之四靈。故龍以為畜,故魚鮪不淰;鳳以為畜,故鳥不獝;麟以為畜,故獸不狘;龜以為畜,故人情不失。」毛(走獸)類、羽(飛鳥)類、介(介殼)類、鱗(鱗甲)類諸動物的代表者,謂之四靈。畜養了龍,大魚小魚便有所統率而不潛入泥淖。同理,畜養了鳳與麟,則鳥獸不至於亂飛亂竄。畜養靈龜,可以預卜人情真偽而不至錯誤。所以先世王者秉著卜筮用的著龜,安排鬼神的祭祀,餽贈禮品,宣揚祝嘏辭說,訂立制度,於是國有禮俗,官有執掌。事有範圍,禮

有秩序。這裡得見「麟」是走獸類的代表。如果麒麟真的是長頸鹿的話，相信今天的牠做夢也沒有想過原來自己曾經是走獸類的代表。或許，獅子、老虎從來也沒有想過長頸鹿曾經有與之爭勝的一天。

　　傳說中的動物，終於有一天變成了事實。

　　明代永樂三年（1405），明成祖命正使鄭和與王景弘率士兵二萬八千餘人出使西洋，這是七下西洋的第一次。此後至明宣宗宣德五年（1430）第七次下西洋，後鄭和於宣德八年（1433

| 《三才圖會》裡的麒麟

年）四月病逝，船隊於同年七月六日返抵南京。鄭和七下西洋，時間跨幅長達二十八年，伴隨而來的是不少新奇古怪的貢物。《明史・外國七・榜葛剌》載：

> 永樂六年，其王靄牙思丁遣使來朝，貢方物，宴賚有差。七年，其使凡再至，攜從者二百三十餘人。帝方招徠絕域，頒賜甚厚。自是比年入貢。十年，貢使將至，遣官宴之於鎮江。既將事，使者告其王之喪。遣官往祭，封嗣子賽勿丁為王。十二年，嗣王遣使奉表來謝，貢麒麟及名馬方物。[23]

明成祖永樂十二年（1414），鄭和的部下楊敏帶回榜葛剌國（今孟加拉）[24] 進貢麒麟，舉國為之喧騰。這是明代第一次引進麒麟。翌年（永樂十三年，1415），鄭和四下西洋，遠至東非，從麻林國（今肯亞的馬林迪）帶回該國進貢的麒麟。《明史・成祖本紀》云：「麻林及諸番進麒麟、天馬、神鹿。」《明實錄》亦有相關記載。這是明代第二次引進麒麟。如果只是單憑文字記載，我們還是難以猜想麒麟為何物，然而，明代儒林郎翰林院修撰沈度作於永樂十二年（1414）畫有《瑞應麒麟圖》，畫中描

---

23 《明史・成祖本紀》「永樂十二年」載云：「榜葛剌貢麒麟。」
24 榜葛剌是什麼地方呢？我們再來看看《明史》的敘述：「榜葛剌，即漢身毒國，東漢曰天竺。其後中天竺貢於梁，南天竺貢於魏。唐亦分五天竺，又名五印度。宋仍名天竺。榜葛剌則東印度也。自蘇門答剌順風二十晝夜可至。」

一左圖為《瑞應麒麟圖》，今藏臺北故宮博物院。原畫上部有《瑞應麒麟頌序》，從左邊緣寫滿到右邊緣，共二十四行。《瑞應麒麟圖》有二枚印章，在畫幅緊左邊緣中央。《瑞應麒麟圖》有兩種臨摹本：一為明代華亭沈慶臨摹，圖中的麒麟，身上有鋸齒紋。此圖原歸李印泉收藏。後為美國收藏家John T Dorrance購得。現藏美國費城藝術博物館。二為清代陳璋描臨《榜葛剌進貢麒麟圖》，現藏中國家博物館。

繪了一四一四年鄭和下西洋時榜葛剌國進貢的麒麟。就畫像所見，原來麒麟是長頸鹿，不禁教人茅塞頓開。

馮承鈞《瀛涯勝覽校注》「阿丹國」條麒麟注：「Somali語giri之對音，即giraffe也。」這個「阿丹國」即是今天的索馬里，正是非洲東岸，鄭和船隊曾經到達的地方。索馬里語代表長頸鹿的giri，便是「麒麟」的音譯。可見遠在非洲的國家，同樣視長頸鹿為麒麟。時至今日，日語及韓語中仍將長頸鹿稱作麒麟。日本保留了許多中國古代文化，在今天的日本語裡，「キリン」指的意思便是中國傳統的麒麟，更是日本語裡長頸鹿的意思。如果我們說上引楊伯峻解釋孔子「絕筆於獲麟」還是處於半信半疑的階段，日本人在語言裡早就將「麒麟」與「長頸鹿」劃上等號。

在今天的生物分類裡，長頸鹿隸屬哺乳動物綱偶蹄類偶蹄目長頸鹿科。其明顯特徵是：眼睛大，耳朵大，兩性都具有二至四個角，背部從肩到臀部急劇傾斜，長腿下生有重足，而成簇狀的尾巴則用以驅趕蒼蠅。[25] 二〇一六年十二月八日，國際自然保護聯盟將長頸鹿調至「易危」級別，從之前的「無危」連跳兩級。數據顯示，該物種的野生數量從一九八五年的十六萬左右驟減到二〇一五年的不足十萬，減少了大約百分之四十。如果我們不對長頸鹿加以保護，或許到了不久將來的某一天，牠會變成中國的麒麟，成為了傳說的一部分。

---

25 〔英〕朱麗葉・克拉頓-布羅克（Juliet Clutton-Brock）主編：《哺乳動物》（北京市：中國友誼出版社，2005 年），頁 346。

育兒的副產品

　　動物就在我們的身邊，古今皆然。為什麼會寫這樣的一部
書呢，原因有二。我關注的學術重點有幾個，其中一個是唐宋
類書研究。類書為中國古代之工具書，乃採輯古籍所載有關事
物，將其依類或按韻編排，以備檢索文章辭藻、掌故事實者之
用。胡道靜以為類書乃「百科全書」和「資料匯編」之綜合體。
在唐代的《藝文類聚》、宋代的《太平御覽》裡，可以得見鳥
部、獸部、鱗介部、蟲豸部等，且在每部之首，必然引用傳統
字書之解說，清晰鮮明。在二〇一六年暑假，因參加在四川成
都舉辦的第十八屆唐代文學年會之故，寫了一篇題為〈《藝文類
聚》所引動物詩賦研究〉的論文作報告之用，最後雖因事未能
赴會，但總算是為「古代動物研究」的主題作了研究的開端。
同年年底，到上海復旦大學參加中日日藏漢籍研討會，得復旦
大學陳尚君教授饒贈一套《自然珍藏圖鑑叢書》，包括了昆蟲、
哺乳動物、兩棲與爬行動物、鳥等諸冊，回香港後好好閱讀，

所得甚多。

家裡兩個小孩從小就很喜歡動物，兒子從大象開始，後來是鯨魚、犀牛，近年幾乎仿如天竺鼠化身；女兒則一直鍾情於倉鼠，夢想是長大後成為一隻倉鼠。小時候，他們都要睡前聽故事，而動物故事一直是童話故事的主要來源。因此，在白天研究唐宋類書之餘，晚上又走進以動物為主角的童話故事國度裡，忽然想起一個「無論大小全家一起研究動物」的念頭，於是便開始了本書的撰作。

研究的過程斷斷續續，我同時還在進行漢代諸子、漢唐經學、避諱學、域外漢籍的研究，以及古籍整理與校點等。從二〇一九年十一月開始，蒙《國文天地》應允，在雜誌裡開了一個「字書裡的動物世界」的專欄，比較有系統地以每月一篇的方式跟對此主題有興趣的讀者見面。以往曾經跟內子許下宏願，希望在家裡小孩還「小」的階段完成本書，作為父母陪伴他們成長過程中的一點印記。今天，兒子剛好小學六年級畢業，而此「後記」草創，兌現了在小孩還「小」的時候完成動物研究的承諾，也證成了自己對小孩的誠實不欺。

除了《國文天地》以外，本書部分篇章嘗蒙兩岸四地的刊物刊載，包括《國學新視野》、《藝文雜誌》、《中華瑰寶》、《古典文學知識》等，在此一併致謝。此等篇章，在收入本書時多略作修訂。書首序文蒙本系榮休講座教授張洪年教授、業師何志華教授所賜，謹此致謝。是次能夠將過去數年所寫的文章合為一書，尤其感謝《國文天地》總編輯張晏瑞先生的認同，以

及責任編輯呂玉姍女士的辛勞協助。本書不備之處尚多，還望四方君子不吝賜正。

二〇二〇年七月於香港馬鞍山

　　古老的中華大地上，萬年前也曾是廣袤的動物樂園，上古
先民對此有豐富的記錄，保存在古老的文獻中，人為造成與當
代讀者的障隔。飽讀漢前古書的潘銘基教授，以深厚的學養與
真誠的童心，仔細發掘，精當解讀，深入淺出，天趣盎然，學
童鬚叟讀此皆可有所收穫也。

　　　　　　　——陳尚君（復旦大學中國語言文學系教授）

　　潘教授的學術著作非我所能置喙，這書卻是我讀來充滿樂
趣，而樂於推薦的。一來，他的寫法既保持學者追源深究的精
神，可又深入淺出，附以畫圖，盡多趣味的筆觸。二來，我喜
歡動物，這書助我從另一角度重新認識動物。

　　　　　　　　　　　　——何福仁（香港作家）

潘教授，博物君子也，亦暖心慈父。為啟童蒙，乃冶古今中外於一爐，合類書字書神話傳說於一編，與蟲魚鳥獸對話。是書詳考證、辨疑似、明人倫、示勸懲。圖文並茂，深入淺出。乃動物的大觀園、親子的良讀物。

——張高評（成功大學名譽教授）

（以姓氏拼音序）

文化生活叢書 1300004

字書裡的動物世界

作　　者　潘銘基
責任編輯　呂玉姍
特約校對　林秋芬

發 行 人　林慶彰
總 經 理　梁錦興
總 編 輯　張晏瑞
編 輯 所　萬卷樓圖書股份有限公司
排　　版　菩薩蠻數位文化有限公司
印　　刷　百通科技股份有限公司
封面設計　菩薩蠻數位文化有限公司

發　　行　萬卷樓圖書股份有限公司
　　　　　臺北市羅斯福路二段 41 號 6 樓之 3
　　　　　電話 (02)23216565
　　　　　傳真 (02)23218698
　　　　　電郵 SERVICE@WANJUAN.COM.TW
香港經銷
　　　　　香港聯合書刊物流有限公司
　　　　　電話 (852)21502100
　　　　　傳真 (852)23560735

ISBN 978-986-478-375-5
2020 年 11 月初版
定價：新臺幣 320 元

如何購買本書：
1. 劃撥購書，請透過以下帳號
　帳號：15624015
　戶名：萬卷樓圖書股份有限公司
2. 轉帳購書，請透過以下帳戶
　合作金庫銀行 古亭分行
　戶名：萬卷樓圖書股份有限公司
　帳號：0877717092596
3. 網路購書，請透過萬卷樓網站
　網址 WWW.WANJUAN.COM.TW
大量購書，請直接聯繫，將有專人
為您服務。(02)23216565 分機 10

如有缺頁、破損或裝訂錯誤，請寄
回更換

國家圖書館出版品預行編目資料

字書裡的動物世界 / 潘銘基著. -- 初
版. -- 臺北市：萬卷樓, 2020.11
　面；　公分. -- (文化生活叢書；
1300004)
ISBN 978-986-478-375-5(平裝)
1.漢語文字學 2.字書 3.動物
802.2　　　　　　　　109012853